Wolfgang Weber

Kleinstadt-Geflüster an der Nordsee

Novelle

Wolfgang Weber

Kleinstadt-Geflüster an der Nordsee

Novelle

Bibliografische Information der Deutschen Nationalbibliothek
Die Deutsche Nationalbibliothek verzeichnet diese Publikation
in der Deutschen Nationalbibliografie;
detaillierte bibliografische Daten sind im Internet über
http://dnb.d-nb.de abrufbar.

1. Auflage 2020

© Copyright beim Autor
Alle Rechte vorbehalten

Herstellung: TRIGA – Der Verlag UG (haftungsbeschränkt),
GF: Christina Schmitt
Leipziger Straße 2, 63571 Gelnhausen-Roth
www.triga-der-verlag.de, E-Mail: triga@triga-der-verlag.de

Coverfoto: AndreasF. / photocase.de

Druck: Druckservice Spengler, 63486 Bruchköbel
Printed in Germany

ISBN 978-3-95828-223-0

»Man lebt nur einmal in der Welt«
(Goethe, »Clavigo«)

1. Kapitel

Die vierunddreißigjährige promovierte Romanistin und Stadtbibliothekarin Teite Kampmann galt in Männerkreisen der gehobenen Geschäftswelt in der Kleinstadt Sielstedt an der Nordsee als Delikatesse par excellence, war sie doch nicht nur sprachlich des Französischen vollauf mächtig.

Insbesondere im »Segelyacht-Club«, der seine mondän exklusive Residenz auf eigenem Gelände nahe der Sielstedter Hafenschleuse hatte, wurde ihre Adresse mehr oder weniger dezent weitergereicht. Vor allem zu deutlich vorgerückter Stunde pflegten die betuchten und zum Teil bereits mehr als nur ergrauten Honoratioren am runden Stammtisch, den in seiner Mitte ein großer Wimpel mit dem Yacht-Emblem zierte, ihre Edel-Kurtisane verbal zu sezieren, wobei der Alkohol die Dezibelzahl oft in erstaunliche Höhe trieb.

So konnte es passieren, dass ein mitternächtlicher Spaziergänger aus dem Clubhaus heraus dröhnende Sätze wie jenen vernahm: »Ich sage euch: Wenn dieses Luder zum Parforce-Ritt bei offenem Fenster ansetzt, dann bleibt nix aber auch gar nix trocken. Das Zuckerschneckchen hat einen Service drauf, da träumst du nur von. Wenn man bedenkt, mit was man sich zu Hause behelfen muss…«

Solcherlei Lob für die Hochgepriesene kam nicht von ungefähr, verstand es doch Teite Kampmann routiniert und gekonnt, ihre nur einhunderteinundsechzig Zentimeter Körpergröße auf die nordische Frauennorm zu hieven. Dafür sorgten betont hochhackige Stiefeletten, die eines ihrer Markenzeichen waren, sowie ihre hochgeföhnte schwarzrot gefärbte Haarpracht, die den Nacken hinunter zu einer mächtig langen Pferdeschwanzfrisur geflochten war.

Teure Parfüms schließlich, an denen sie wahrlich nicht sparte, gaben ihrer Person die letzte Nuance jener Aura, die sie Schritt für Schritt mit kühlem Kopf in stetig wachsenden soliden Wohlstand umgemünzt hatte. Mehrere Eigentumswohnungen in Sielstedt, ein Strandhaus im sieben Kilometer entfernten und namhaften Bad Gasthusen sowie mehrere Bankkonten sprachen für sich.

Längst konnte es sich die städtische Angestellte leisten, ihre Wochenarbeitszeit deutlich zu verringern und ihren Lebensstil auf ausgeprägt konsumtiv umzustellen.

Ein Patzer in ihrer Biografie indes hatte sich nicht vermeiden lassen: Es war dies ihre inzwischen dreizehnjährige Tochter Kira, deren Vaterschaft sie mit stoischer Abgeklärtheit im Dunkeln ließ, und die, pubertätsbedingt, zunehmend für Verdruss und gesteigerten Unmut in Teites Psychohaushalt sorgte; so auch heute wieder.

Es ging bereits auf die Mittagszeit zu, und die Frau Dr. Kampmann war bereits dabei, Lippenstift, Nagellack und Parfümfläschchen aus ihrer Handtasche zu klauben und auf ihrem Schreibtisch auszubreiten, als sie an der Eingangstür zum kleinen Bibliothekssaal eine auffallend große hagere Frau mit hellgrauen Haaren gewahrte, die nun mit verbissenem Gesichtsausdruck auf sie zugehastet kam.

Vergeblich versuchte Teite, ihren Kosmetikplunder vom Tisch zu entfernen und straffe Diensthaltung anzunehmen, aber es war bereits zu spät.

Die hochgewachsene Person, bei der es sich um die über sechzigjährige Silstedter Realschulrektorin Alke Allmers handelte, war bereits bei ihr, spreizte ihren langen Beine, dabei beide Hände ihrer weit ausgebreiteten Arme auf den Schreibtisch stemmend, und beugte sich nun ruckartig gegen die Bibliothekarin vor, die, in starrer Haltung und das verzerrte Gesicht ihres Gegenüber direkt vor sich, eine nun laut einsetzende Philippika über sich ergehen lassen musste. »Wenn Sie es nicht für nötig halten, Frau Kampmann, zu mir in die Schule zu kommen, und dies trotz mehrfacher dienstschriftlicher Aufforderung meinerseits, dann muss ich wohl doch notgedrungen meine mehr als kostbare Zeit opfern und bei Ihnen hier erscheinen.

Also: Wir haben mal wieder wie jedes Jahr vor den Sommerferien unsere Projekt-Woche an der Schule. Das ist nichts Neues, wie Sie ja inzwischen wissen müssten. Aber dieses Mal hat es ein ganz besonderes Projekt gegeben, das unter den anderen herausragt – nämlich Pjotr Iljitsch Tschaikowskis Ballett ›Schwanensee‹…«

Teite spürte Reminiszenzen in sich wach werden und zwang sich zu starrem Blickkontakt zu der Person hin, bei der jetzt die verbalen Schleusen geöffnet schienen.

»Frau Kampmann!«, dröhnte es nun in ihren Ohren. »Ich habe mich bereit erklärt, Ihre Tochter, obwohl sie erst in der siebten Klasse ist, in das elfköpfige Ballett-Ensemble, das aus Zehntklässlerinnen besteht, aufzunehmen; aber auch nur, weil die Tochter der Tagesmutter Ihres Kindes mir einen so herzzerreißenden Vortrag über die Zuckerkrankheit von Kira und ihrer angeblich geringen Lebenserwartung gehalten hat.

Was sich jedoch die Kleine am Präsentationstag in der Schulaula vor all den zahlreichen Eltern … was sag' ich … vor der gesamten Öffentlichkeit und dem Zeitungsreporter geleistet hat, das schlägt dem Fass den Boden aus …«

Teite Kampmann spürte ein leichtes Zucken um ihre Mundwinkel und merkte, dass sich ihre Erstarrung in einem mehrfachen Kopfschütteln zu lösen begann, was ihr Gegenüber als Affront zu deuten schien.

»Wir haben keine geringere als Frau Ballettmeisterin Pia Carola Lübke für diese Projektwoche gewinnen können«, gellte es nun entsprechend durch die Bibliothek; »eine einstige Primaballerina, die in den größten Bühnenhäusern der Welt aufgetreten ist ..., um dann mitansehen zu müssen, wie eine Dreizehnjährige, bar jedweder Erziehung, sie öffentlich dermaßen bloßstellt ...«

Rektorin Alke Allmers rang hörbar nach Atem, während bei ihrer Adressatin deren selbstankonditionierte Contenance eindeutig die Oberhand gewonnen hatte, so dass das gekrächzte Schlusslamento der Schulleiterin nur noch Formsache schien.

»Nicht genug, dass Ihr missratenes Gör den riesigen blauen Teppich als See-Requisit heimlich und gleich kiloweise mit weißen Grießflocken aus der Schulküche bestreut hat ... nein, sie musste auch noch als Schwanz der Schwanenformation der Tänzerin vor ihr die Federn aus dem Schwanenkostüm reißen, um die Aufkreischende damit empfindlich zu piksen ... das ganze herrliche Zentralmotiv ›See im Mondschein‹ mit der wunderschönen Tschaikowski-Musik im Hintergrund ..., alles für die Katz; die Leute waren nur noch am Lachen ..., und die Ballettmeisterin und ich waren die Blamierten; und das erst recht nach dem Zeitungsartikel.«

Die andauernde verkrampfe Haltung der Rektorin hatte nicht eben zu deren Wohlbefindlichkeit beigetragen, denn sie vermochte sich nur unter dem Ausstoßen kräftiger Urlaute wieder aufzurichten.

Diesen Augenblick nutzte Teite, ihre Kosmetika unauffällig wieder verschwinden zu lassen;

mehr noch: Sie erhob sich geschmeidig und bot der Angeschlagenen mit eleganter Geste ihren Bürosessel an. Rektorin Allmers wackelte unschlüssig mit dem Kopf, dabei ein durchdringendes Stöhngehechel ausstoßend. Schließlich jedoch obsiegten ihre Gelenkschmerzen, und sie ließ sich giftigen Blickes in den angebotenen Sitz fallen.

Teite setzte nun noch einen drauf, schwang sich zu über der Hälfte ihrer Statur in Querhaltung auf den Schreibtisch, stützte ihren rechten Arm mit dem Ellbogen ab und war mit der Allmers somit in etwa auf Augenhöhe.

»Ich denke mal, Frau Rektorin«, begann sie zu säuseln, »dass wir die Angelegenheit einvernehmlich regeln können. Wir Frauen müssen doch nicht darüber belehrt werden, dass bei uns die Pubertät mit all ihren Erscheinungen viel früher einsetzt als beim anderen Geschlecht. Ich will meine Kira bestimmt auch nicht schönreden, aber glauben Sie mir: Das Jugendamt ist auch nicht in der Lage, die Zuckerkrankheit meines Kindes zu heilen, und genau diese Krankheit ist es – das ist inzwischen wissenschaftlich erwiesen –, die die Hirnfunktion nachhaltig beeinträchtigt ... Mein Kind ist ein Todeskandidat.«

Die Bibliothekarin verstand es, ihrem Berufsstand alle Ehre zu machen, jedenfalls, was die Belesenheit und die Eloquenz anging, und entsprechend zog sie ihren weiteren Sermon in die Länge, wobei sie ihren Rock deutlich höher schob, dabei ihr Gegenüber nunmehr lächelnd fixierte und zum rhetorischen Endspurt ansetzte: »Zuletzt noch folgender Hinweis, meine liebe Allmers: Versuchen Sie nicht noch mal, mir mit Ihrem Schuldezernenten Petruschke zu drohen – von wegen, dass dieser qua Amt meine Kira vom Unterricht aller Schulen weit und breit ausschließen könnte …«

Teite musste sich unterbrechen, weil sie ein glucksendes Lachen nicht mehr unterdrücken konnte, und sie schob nun ihren Rock vollends nach oben.

Die jetzt aschfahle Repräsentantin der Realschule zu Sielstedt im Friesischen vernahm mehr im Unterbewusstsein den Schlussakkord der Lebedame vor ihr: »Was anscheinend noch lediglich hiesiges Kleinstadtgeflüster ist: Ich habe beim Sielstedter Tennisclub-Vorsitzenden Meenard Petruschke privaten Tennisunterricht … und nicht nur dies. Männer, auch wenn sie bereits um die Fünfzig sind, gehören mitunter längst noch nicht zum alten Eisen; und im Übrigen: Ich kann doch nichts dafür, dass du Funkturm keen Kierl nich afgekricht hest.«

Die Rektorin versuchte, unter durchdringendem Gestöhne, ihre hohe Gestalt aus dem Sitz zu hieven, was Teite veranlasste, sich von ihrem Schreibtisch zu schwingen und auf räumliche Distanz zu gehen, dabei Folgendes zur Kenntnis nehmend: »Ein halbes Jahr ist es noch bis zu meiner Pensionierung … und dann nichts wie weg … nur noch raus ... raus aus der Tretmühle. Dann dürfen sich meine Nachfolger mit kranken und anderen Kindern abstrampeln. Im nächsten Leben, das hab' ich mir geschworen, werd' ich Schulaufsichtsbürokratin in der geschützten Amtsstube!«

Unter diesen Worten schaffte es die Schulleiterin schließlich, wieder auf die Beine zu kommen und auf die kleine Bibliothekarin zuzutapern. Diese jedoch wich geschickt aus, dabei die Beschwörungsformel ausstoßend: »Um Himmels willen nicht aufregen, Frau Beamtin; bloß nicht aufregen und stattdessen immer an die Pension denken!«

Rektorin Allmers hielt nun mit letzter Kraft auf Teite zu und versuchte, ihrer habhaft zu werden, krachte jedoch gegen eines der Buchregale und schlug der Länge nach hin. Aus dem obersten Fach polterten ihr dabei gleich mehrere Bücher in massivem Festeinband auf den Kopf und Oberkörper, während sich das schwere Aluminiumregal gnädig zeigte und es bei einem bedrohlichen Wanken beließ.

Die Bibliothekarin umtänzelte nun die langausgestreckte und reglos Daliegende, um sich schließlich kniend neben ihr niederzulassen, dabei die Bücher inspizierend.

»›Ganghofer‹«, murmelte sie; »'s wird ohnehin Zeit, dass der Alpen-Heini ausgemistet wird.«

Sie erhob sich und rief einige Male den Namen Manfred, bis endlich der so Gerufene – es war der

Hausmeister – auf der Bildfläche erschien, um die vorsorglich mehrfach wiederholten Instruktionen entgegenzunehmen.

Sodann sah Teite auf ihre Armbanduhr, und der vierschrötige Hausmeister Manfred gab ihr friesisch knapp Bescheid: »Datt iss man wieder mal typisch: Du schwingst dir gleich auf deine Harley und bist weg, unn ick mutt den ganzen Schiet hier opheben«, wobei nicht eindeutig klar wurde, ob er nur die heimatträchtigen Ludwig-Ganghofer-Bände aus dem Freistaat Bayern meinte.

In der Tat: Bereits einige Zeit später sah man eine behelmte Person in schwarzer Ledermontur auf einem mächtigen Motorrad liegend, das viel zu groß für sie schien, in ruckartigen Intervallen durch Sielstedt rattern. Erst als das Gefährt die Grodenchaussee nach Bad Gasthusen erreicht hatte, konnte ein zügig bis rasanter Fahrstil beobachtet werden.

Teite kannte die Strecke aus dem Effeff und hatte bereits nach etwa zwölf Minuten den großen Strandparkplatz des Badekurortes erreicht. Die Touristensaison hatte bereits bei steigenden Frühsommer-Temperaturen sichtlich begonnen, aber auch etliche Bewohner der Umgebung ließen sich den Strandbesuch angelegen sein.

Die flotte Romanistin richtete sich in ihrem Sattel auf, setzte den Helm ab und schaute tief durchatmend und lächelnd auf den Jadebusen, der die Bucht zur Nordsee bildete. Es war auflaufende Flut bei entsprechend steifer Brise, und Teite löste die Haarspange, so dass ihre lange Mähne sie umflatterte und von ihrer zierlichen Gestalt nicht mehr allzu viel zu sehen war.

Sie ließ Strand und Wasser noch eine Weile auf sich einwirken, bevor sie zu ihrem kleinen Strandhaus fuhr, das in Deichnähe stand und hinter hohen und in Blüte stehenden Rhododendronbüschen gut versteckt war.

Drinnen angekommen, vollzog Teite ihre übliche Metamorphose. Aus der Leder-Maid wurde nach ausgiebigem Badezimmer-Aufenthalt wieder die Grazie, die sich, nach Lavendel duftend, im Evakostüm tänzelnd in ihrem Habitat bewegte und einige Rollläden so geräuschlos wie möglich herabließ, bevor sie ein leopardengemustertes Negligé überstreifte und sich auf ihrer Wohnzimmercouch ausstreckte.

Die Verschnaufpause mochte etwa zwanzig Minuten gedauert haben, da erinnerte sie gedämpftes Klingeln an ihrer Haustür, dass nun für sie ein weiterer Tagesabschnitt eingeläutet sei, und dieser stand nun auch umgehend in Gestalt eines schlanken und recht großgewachsenen dunkelblonden Herrn in ihrem Wohnzimmer, der zunächst seinen dicken schwarzfarbenen Schnellhefter mit Schwung auf den Wohnzimmertisch warf, um sich sodann mit einiger Hektik seiner Gastgeberin zu nähern, die ihn nun lächelnd und hüftwackelnd umhalste.

»Kommeeni, min Meeni«, balzte sie ihm wortspielerisch ins Ohr, dabei auf ihren Zehenspitzen stehend. »Mein Gönner ist stets willkommen.«

»Auf diesen Augenblick habe ich mich schon den ganzen Vormittag gefreut«, tönte es in einer – allerdings etwas schwächlichen – Lispelstimme in Teites Ohren, und die in solchen Fällen übliche Prozedur nahm ihren Anfang.

Die Küsten-Elfe schaltete ihr inwendiges Routinemodul ein und sorgte zunächst für verbale Interaktion: »Ich sehe jetzt bereits, mein lieber Meeni, dass unsere Tennisstunde auch heute wieder ein voller Erfolg wird. Es geht doch nichts über einen erfahrenen Fünfziger, der als gewesener Grundschullehrer und jetziger Schulaufsichtsbürokrat in seiner abgeriegelten Amtsstube pennen und Kraft tanken kann ...«

»Na, na, na«, versuchte der Gefoppte unter etwas gezwungenem Lachen zu kontern; »nicht immer nur auf uns Beamte rumhacken. Wir tun doch nichts; wir haben noch nie etwas getan. Im Übrigen steht ein Dezernent vor dir ... jawohl: Ein echter Dezernent.«

Er versuchte, ihrer Brüste habhaft zu werden, doch sie entwand sich ihm und huschte hinter die Wohnzimmercouch. »Du willst wohl unsere Tennisstunde wie üblich mit ›Two balls please‹ eröffnen«, kicherte sie und legte nach: »Mit dir, Meeni, hab' ich den Fang meines Lebens gemacht: Unverheiratetes Schulrätchen, Ratsherrchen ... apropos:

Wie hast du die letzte Sielstedter Ratssitzung eröffnet: ›Ich sehe einige Mitglieder unter uns, die gar nicht hier sind‹. Sei froh, dass dein derzeitiges Verhältnis bei dir zu Hause, nämlich deine Putz-Perle, nicht ebenso hellsehen kann; das würde uns beiden hier überhaupt nicht gut bekommen.«

Sie verstand es, mit Männern schlichten Geistes adäquat umzugehen und ließ sich nun einfangen und in ihr Schlafzimmer verbringen, wo alsbald das Match im Französischen Bett seinen Anfang nahm.

Etwa zwei Stunden später wurde im Wohnzimmer der Kaffee eingenommen, und es verdross sie einmal mehr, dass er hastig zu schlürfen begann und dabei auf seine Armbanduhr schaute.

»Na, mal wieder einen Pressetermin…?!«, bemerkte sie bissig ironisch.

»Ich bin mit der Lokalredaktion der Zeitung verabredet«, gab er gewichtig zurück; »der Posten des Landrats wird in einiger Zeit frei, da muss ich…«

»Da musst du zusehen, möglichst oft mit deinem Konterfei in den Medien zu sein«, fiel sie ihm – nunmehr höhnisch – ins Wort. »Aber pass auf, wenn du mal wieder 'nen sozialen Ramschladen öffentlich einweihst, dass dann nicht der Piranha von den Schwarzen bei dir ist, dieser dubiose Hinterbänkler von der Berliner Oberquasselbude. Am besten, du hältst mal eine ergreifende Trauerrede für sturmgeknickte Pfingstrosen oder fährst über die Dörfer und weihst den neuen Hasenstall eines Bauern ein. Alles in medialer Begleitung, versteht sich.«

Der Narziss ihr gegenüber mochte sich noch nicht geschlagen geben, beugte sich gegen sie vor und raunte mit erhobenem rechten Zeigefinger: »Was ich dir eigentlich nicht sagen darf, und ich verlass' mich nun ganz und gar auf deine Verschwiegenheit.«

Hier machte er eine rhetorische Pause und sah sie scharf an, bevor er fortfuhr: »Sielstedt wird demnächst als Garnisonstadt aufgelöst – mit allen Konsequenzen.«

Teite zuckte merklich zusammen und begann zu vibrieren, was den Bürokraten mit Befriedigung zu erfüllen schien, zumal jetzt der Schrei »Kira, Kira!« in seinen Ohren gellte. »Was wird dann aus Kira?«

Meenard Petruschke gewahrte nun, dass er mit dem Hinweis seine Lieblingsmätresse rundum kleingekriegt hatte, und dass er nunmehr den Generösen geben konnte.

»Schätzchen, ich weiß ja nur zu gut, wie es um deine Lebensverhältnisse bestellt ist. Du siehst jedoch: Der Mensch lebt nicht vom Brot allein. Materieller Wohlstand ist nicht alles. Dein krankes Kind wird nicht mehr bei der rekrutengeilen Bekloppten in ihrer Soldatenpuff-Kneipe sein können, und eine gutbürgerliche Tagesmutter kannst du dir bei deinem Ruf abschminken. Da nützt dir auch deine ganze Penunze nichts.«

Teite begann zu keuchen, verdrehte die Augen und ballte die Fäuste. Der gelernte Lehrer schien es zu genießen, musste sich jedoch stimmlich in Zucht nehmen, um sich nicht zu verraten.

»Auf mich kannst du immer zählen«, hob er schwadronierend an, »und genau das weißt du auch. Solidarität haben wir Sozialdemokraten bereits mit der Muttermilch eingesogen. Für dein Kind werden wir die bestmögliche Lösung suchen und finden. Hauptsache, die Kleine kommt aus dem Bratwurst-Puff raus!«

Petruschke warf nach Beendigung seines Schwulstsermons erneut einen Blick auf seine Uhr und erhob sich hastig.

»Ich melde mich so bald wie möglich bei dir«, warf er der Konsternierten zu und absentierte sich umgehend.

Teite ließ sich auf ihrer Couch zurückfallen und stierte ins Leere, dabei krampfhaft versuchend, zumindest ein wenig Struktur in ihren Gedankenwirrwarr zu bringen. Dies nahm einige Zeit in Anspruch.

Schließlich erhob sie sich und ging nach draußen, um sich vollends abzuspannen.

Wieder in ihrer Behausung, schickte sie sich an, das Kaffeegeschirr vom Tisch zu räumen, wobei ihr Blick auf den Schnellhefter fiel, den ihr Verehrer versehentlich hatte liegen lassen. Sie nahm ihn an sich und begann darin zu blättern. Dabei stieß sie auf den Schulstundenentwurf der Examenslehrprobe einer Lehramtskandidatin und las die mit Rotstift hingekritzelten Randbemerkungen:

»…was heißt hier: ›Die Klasse macht einen ordentlichen Eindruck …‹? Sind die Schuhe der Schüler ordentlich geputzt? Sind ihre Haare ordentlich gekämmt? Was heißt hier ordentlich?«

Teite musste flüchtig lachen. »Du rabulistischer Armleuchter«, sprach sie halblaut vor sich hin; »man merkt, dass du einen Intelligenzquotienten wie Zimmertemperatur hast. Vermutlich hast du es bei der Deern nicht geschafft, dahin zu kommen, wo du hinwolltest; deshalb dieser dienstlich getarnte Racheknüppel.«

Sie schmiss den Schnellhefter verächtlich in eine Ecke, und ein Blick nach draußen zeigte ihr, dass es auf den Abend zuging, und sie verspürte verstärkt diese ihr den Atem nehmende vibrierende Unruhe.

Mit fahrigen Bewegungen räumte sie den Tisch nur halb ab und war geraume Zeit später auf ihrem Motorrad zurück in Sielstedt, wo sie einige überflüssige Runden drehte, bevor sie Kurs auf das Kasernen-Viertel nahm, das etwas außerhalb der Stadt gelegen war.

Sie fuhr nun Schritttempo, bevor sie vor einem kleinen Lokal anhielt und abstieg. Eher zögerlich ging sie auf die Eingangstür zu, über der das bereits grell erleuchtete Schild mit der Aufschrift »Zum Landsknecht« prangte.

2. Kapitel

Teite gab sich einen Ruck und taperte hinein. Es bot sich ihr der gewohnte Anblick. Rechts vom Eingang befand sich die Theke, links nach hinten hinaus einige Tische, an denen wie üblich lautstark zechende zumeist jüngere Soldaten, teils in Uniform, hockten. Der Blick geradeaus fiel auf eine zu drei Viertel zurückgeschobene Ziehharmonikatür, hinter der sich das private Wohnzimmer der Kneipenwirtin Marina Lambrecht befand, die wie üblich nicht sogleich zu sehen war. Statt ihrer stand ein junger Schlaks hinter dem Tresen und sorgte für die Bewirtung.

Teite grüßte kurz, nahm auf einem der Barhocker Platz und hatte umgehend ein Glas Rotwein vor sich stehen.

Sie nahm einige tiefe Schlucke und versuchte, so locker wie möglich zu klingen, als sie das Wort an den etwas über Zwanzigjährigen richtete: »Na, Bassi, was gibt's Neues an der Front? Du darfst ja deine Soldatentage auch bereits runterzählen.« Der Angesprochene grinste und erstattete Bericht. »Das Übliche, Teite. Die behämmerte Alte über uns klemmt sich gerade mal wieder einen von den Kameraden, die ihre Zeche nicht zahlen können, zwischen ihre geilen Schenkel, und aus dem Bratwurst-Puff, diesem Zufluchtsort hier unter uns, steigt mal wieder der üblich Duft auf, und bald werden wie immer die Kameraden Feldjäger hier aufkreuzen und nach den Abgängigen fragen und danach wieder abhauen. Ich übrigens auch bald, und ein gewisser Jemand wird mit mir kommen. Das ist fürs erste das eigentlich Neue, und das Allerneueste bekommst du gleich erzählt.«

Bei diesen Worten nestelte er ein Portemonnaie aus der Gesäßtasche und fischte vorsichtig einen goldfarbenen schlichten Ring hervor, den er Teite vielsagend vor die Nase hielt.

Diese versuchte, jenen Petruschke-Hinweis in ihrem Kopf zu verdrängen und sich auf die Gesprächssituation zu konzentrieren und dabei so locker wie möglich zu klingen. »Ich kann mir denken, was da jetzt so alles kommt, Bassi; verpass' meinem Weinglas noch mal 'nen ordentlichen Schuss Cognac, oder am besten, du stellst gleich …«

Sie musste den Satz nicht zu Ende sprechen, da der Soldat die Cognacflasche auf den Tresen platzierte und losprudelte: »Pass' auf: In vierzehn Tagen wird Tanja achtzehn … ich war übrigens ihr Erster, wie sie mir schwor …, und einen Tag später sind wir auch schon in Dortmund bei meinen Eltern. Meine Entlassungspapiere liegen bereits abholbereit beim Alten auf der Schreibstube. Du, Teite, bist die einzige, die's jetzt und hier erfährt; und sonst niemand. Das was jetzt abgeht, ist mein wichtigstes Manöver; danach heißt's nur noch ›Fuck the army‹. Zu unserer Hochzeit in Dortmund bist du hiermit jetzt bereits eingeladen. Danach geht's mit Tanja zwei Jahre zur endgültigen Ausbildung in die Schweiz, und danach wird der Sterne-Koch Sebastian Emmerich, so wahr er hier vor dir steht, das Drei-Sterne-Restaurant ›Dortmunder Eck‹ seiner Eltern übernehmen. Iss alles durchorganisiert bis ins Letzte ...«

Der junge Mann musste nun ordentlich Luft holen, was Teite wiederum antrieb, forciert auf Kante zu trinken, dabei ihr Gegenüber wohlgefällig anlächelnd.

Auch die weiteren Ausführungen des jungen Herrn Sebastian waren über jeden Verdacht erhaben, von soldatischer Knappheit geprägt zu sein. Der Huldigung seiner »halbjugoslawischen« Braut folgte der Verriss seiner Schwiegermutter in spe. »Die verwahrloste Alte wird sich wundern ... das verkommene Monster kann noch nicht mal seinen Namen schreiben ... nur Gossensprache ... Die Dicke weiß noch nicht mal genau, ob Tanjas leiblicher Vater Serbe oder Kroate war; Hauptsache ›Kurratz‹ (Schwanz), das einzige Wort, das sie damals von dem Typen gelernt hat.

Ihre beiden jüngsten Kinder sind ihr, wie du ja weißt, bereits vom Jugendamt weggenommen worden. Ein Wunder, dass Tanja so toll geraten ist und in unserer Bundeswehr-Kantine das Kochen gelernt hat. Das passt alles wie die Faust aufs Auge.

Sollte ihre Alte, dieser wandelnde Truppenübungsplatz, es wagen, bei uns in Dortmund aufzukreuzen, dann wird das mit Sicherheit ihre letzte Reise gewesen sein!«

Sebastian hatte sich derart in Rage geredet, dass er erst Momente später der beiden Uniformierten gewahr wurde, die das Lokal betreten hatten und sich nun über den Tresen hinweg zu ihm hinüberbeugten.

Teite bekam in ihrem inzwischen leicht wohlig benebelten Zustand einige geraunte Wortfetzen mit. »… Tu uns einen Gefallen, Bassi, und schmeiß sofort die Abgängigen da unten aus dem Puff raus; es kann sein, dass der Alte in seiner dämlichen Schreibstube von uns 'nen Bericht will. Ganz so blöd ist der auch nicht, und befördert werden will er schließlich auch.«

Sebastian verstand, nickte und schob den beiden Feldjägern Bier hin, das sie unauffällig hinunterspülten, um sodann, kurz salutierend, wieder zu verschwinden.

Alsdann bedeutete er Teite, sich in die hinteren Privatzimmer zu begeben und verschwand, tief durchatmend, in Richtung Kellergewölbe.

Teite, die die Räumlichkeiten des Hauses zur Genüge kannte, nahm die Cognacflasche und begab sich in den hinteren Wohnbereich, wo sie aus einem der Zimmer rhythmische Musik vernahm. Ohne anzuklopfen, trat sie ein und hatte die inzwischen ihr geläufige Szenerie vor sich.

Eine noch junge, große und schlanke Frau mit halblanger dunkelblonder Frisur war tänzerisch intensiv mit einem auffallend schmächtig mageren schwarzhaarigen Mädel zugange. Dazu ertönte lateinamerikanische Musik.

Teite, die nicht sogleich wahrgenommen wurde, nahm auf einem Sofa Platz, gönnte sich aus der Cognacflasche einmal mehr einen ordentlichen Schluck und schaute zu.

Dann war eine Tanzpause geboten, und die verschwitzte Tochter Kira steuerte grußlos auf ihre Mutter zu, um sie geifernd anzuhecheln: »Ich will noch Zumba-Hosen. Ich brauch' noch die Marken ›Cherry‹, ›Rosy‹, ›Trixie‹, ›Windy‹ und ›Tammy‹!«

Teite erhob sich, zückte ihre Geldbörse und fischte einen Packen mittlerer und größerer Geldscheine hervor, die sie ungefähr hälftig Kira und Tanja zusteckte, letzterer ins Ohr raunend: »Irgendeine Fee hat mir da was ins Ohr geflüstert, das nach dem Wort ›Verlobung‹ klang ... und noch einiges mehr bin ich von dieser Fee gewahr geworden.«

Die großzügig Beschenkte dankte es ihr mit einer herzhaften Umarmung, dabei stammelnd: »Dann weißt du auch...? Wir halten auf jeden Fall Kontakt. Dass du jederzeit willkommen bist, das weißt du. In Kürze sind wir über alle Berge in Richtung Ruhrpott, und Kira soll mitkommen, wenn du einverstanden bist. Sie freut sich auch schon drauf. Bassi hat mit seinen Eltern gesprochen. Mit dir will er's jetzt endgültig bequatschen.

Hauptsache weg von hier ... weg von meiner verwahrlosten Alten, die noch nicht mal weiß, ob mein Papa, den ich nie kennengelernt hab', Serbe oder Kroate ist. ›Irgend 'n Jugo‹ hat sie mir nur mal irgendwann an den Kopf geknallt …«

Teite nickte mechanisch mit heftiger Beflissenheit, und sie war ob dieses Gemütsausbruchs der Jungen instinktiv froh, als es nun über ihnen laut rumorte und ein heftiges Krachen zu hören war.

Tanja Lambrecht drückte zitternd die still gewordene Kira an sich und blickte zur Decke.

»Jedes Mal dieselbe Angst«, murmelte sie. »Hoffentlich haben die Kerle sie einigermaßen satt bekommen. Jetzt hat sie wohl den letzten aus ihrer verlausten Pofe geschmissen; und die Typen klemmt sie sich ohne Pille und Nahkampfsocken (Kondome) zwischen die Beine. Bassi, den sie auch anbaggern wollte, der sagt nur noch: ›Die ist bald die Abtreibungskönigin von Sielstedt‹.«

Die beiden Frauen und auch die sonst kesse Kira standen nun beklommen da, zumal jetzt das Treppenholz durch schwere Tritte zu knarren begann und überlautes Schnaufen zu hören war.

Und dann stand SIE im Zimmer: Eine dunkelblonde walkürenhafte Erscheinung – nur mit einem schwarzen Schlüpfer bekleidet und eine Duftaura absondernd, die unzweifelhaft davon zeugte, dass von der »Landsknecht«-Wirtin Marina Lambrecht wahrlich keine Wasserkriege zu befürchten waren.

»Wie wir mit solchen Nieten den nächsten Krieg gewinnen sollen«, bölkte sie, »das weiß der Kuckuck. Und frech obendrein war der letzte dieser Loser auch noch; nennt der Versager mich doch glatt ›Absaugpumpe‹. So lasse ich mich nicht nennen. Ich nicht!«

Die Wirtin fixierte schnaufend ihre drei Gegenüber, um sich sodann auf Teite zu konzentrieren, die – wie so oft – die biographischen Skizzen zu hören bekam: »Ich hatte keene reichen Eltern mit Fleischfabrik und tausend Arbeiter. Ich konnt' nich auf die Uni studieren unn mir in Paris den Bauch dick machen lassen von Vadder Unbekannt. Ich bekam hier oben an die Nordsee nich Papas dicke Abschiebe-Brieftasche zugesteckt.

Wir waren sieben hungrige Kindermäuler zu Hause inner Mansardenwohnung. Der Olle arbeitslos unn meist besoffen, unn Mama hetzte von eine Putzstelle zur annern ...«

Während ihres Krakeels hatte sich Tanja mit Kira aus dem Zimmer geschlichen, und Teite hatte nun gleich dem Kaninchen vor der Schlange die Furie direkt vor sich. Entsprechend verhielt sie sich.

»Geld her, aber dalli!«, dröhnte es in ihren Ohren. »Die Tagesmutter von din Balg iss hier nich umsonst zugange. Watt ich mir da aufgehalst hab'; sogar zur Schule musste ich wegen dem Gör unn mir den Mund fusselich reden wegen diss unn datt. Und die Gnädige Frau Mamma siebt die ollen Geld-Magger von Sielstedt ab unn hat Knete ohne Ende ...«

Sie schrie jetzt und wuchtete mit ihrer voluminösen Statur auf die Zierliche zu. Diese vermochte nur noch – sich wegduckend – leise zu murmeln: »Das meiste haben ja wohl Tanja und Bassi für Kira getan.«

Sie zückte, wie gewohnt, ihr Portemonnaie und drückte der Pöbelnden alles noch darin befindliche Geld in die Hand.

Die Lambrecht verstaute flugs den noch recht ansehnlichen Batzen in ihrer rechten Tatze und stapfte mit einem knurrigen »Jetzt geh' ich mal auf Tour!« aus dem Zimmer.

Teite stierte vor sich hin, und irgendwann standen Tanja und Sebastian vor ihr.

»Die Kleine ist im Bett, und Bassi hat den Spritladen dicht gemacht«, verkündete die Tochter Lambrecht, und der Soldat ergänzte: »Die Alte ist jetzt bis morgen früh unterwegs, und mit dir, Teite, muss ich jetzt das Gespräch aller Gespräche führen, und das hat nix mit Literatur zu tun.«

Und so geschah es: Sebastian Emmerich langte ein Notizbuch aus seiner Gesäßtasche und nahm sich angemessen Zeit, die schon recht tranige »Frau Doktor Kampmann« ausführlich über die kommenden Geschehnisse in Kenntnis zu setzten, und er scheute sich dabei auch nicht, bei Bedarf die verbale Wiederholungstaste zu drücken.

So erfuhr denn Teite, was sich bereits in kurzer Zeit alles ändern werde – ihr Einverständnis vorausgesetzt: Die Abmeldung Kiras mit Beginn der in Kürze beginnenden Sommerferien von der Schule und ihre Übersiedung nach Dortmund, wo sich Sebastians Mutter, die sich aus dem Familienbetrieb zurückgezogen hatte, intensiv um sie kümmern werde. Die notwendigen Behördengänge in Sielstedt werde er mit Teite gemeinsam machen.

»Da kommst du nicht drum herum, Mäuschen«, steckte er es ihr lächelnd aber entschieden.

»Gib dir heute noch mal richtig die Kante, und dann ist erst mal Schluss mit lustig. Spätestens übermorgen, wenn du spritmäßig durch bist, geht's in die Einzelheiten.«

Und so kam es denn auch. Teite stellte in den nächsten Tagen alles andere zurück, um sich in die Formalitätenprozedur einzuklinken, und der junge Emmerich setzte seine Planlogistik zügig und konsequent um.

3. Kapitel

Zwar war für unsere Protagonistin Vermeidungsverhalten eine Art von Sozialtechnik, die sie beherrschte; wenn jedoch etwa der »Antwortbeanrufer«, wie sie das Telefon-Zusatzgerät ironisch nannte, ausschließlich von ein und derselben vorwurfsvoll klingenden Frauenstimme dominiert ward, dann wusste sie: Bei der – ebenfalls stadtbekannten – Motorradclub-Präsidentin Hela Ruhnau herrschte Alarmstufe Eins.

Und so machte sich Teite an diesem Samstagvormittag im Juli angesichts des Sielstedter Stadtfesttrubels in Normalbekleidung und zu Fuß auf den Weg zu ihrer Busenfreundin, die im zweiten Stock eines Sparkassen-Gebäudes residierte. Sie nahm wie stets den Aufzug und stand kurz darauf vor der wie üblich weit geöffneten Wohnungstür, an die sie kurz pochte.

»Kannst reinkommen«, tönte es halblaut, und da stand die Besucherin auch schon in der geräumigen Wohnstube, wo sich ihr der gewohnte Anblick bot: An den Wänden hingen Poster schlüpfrigen Inhalts neben Biedermeier-Gemälden in Öl, und auf dem Fußboden stapelte sich noch ungewaschene, zumeist schwarze Leibwäsche neben einer Anzahl von Schallplatten. Am flachen Wohnzimmertisch schließlich hockte tiefgebeugt über Tarot-Karten eine kompaktuntersetzte breitschultrige Frauensperson mit einer flammroten dichten Grusselmähne, die lediglich die in Falten gelegte Stirn freigab. Dazu trug sie ein kurzärmeliges giftgrünes Kleid mit tiefem Ausschnitt.

Während sich ihre Finger mit den dunkellackierten Nägeln über die Karten tasteten, erging sie sich in einem halblauten Singsang, der sich bei näherem Hinhören als ein Motiv aus der Oper »Carmen« identifizieren ließ. »Wenn dir die Karten einmal bitt'res Unheil künden; vergebens mische sie. Sie künden stetes den Tod ... den Toood ... den Tooood ...«

Teite kannte diese tranceartigen Zustände der Präsidentin zur Genüge und verhielt sich entsprechend ruhig und beherrscht; vor allem, als jetzt die unvermeidliche Tarot-Weissagung geraunt wurde, die in diesem Jahr ihr zehnjähriges Jubiläum hatte.

»Diesmal kommt er nicht mehr mit heiler Haut davon. Das Tarot macht eine glasklare Aussage: Er lebt mit seiner Tuss, die auch noch Berufskollegin von mir ist, im Schweizer Kanton Zürich in der Nähe des Flughafens Kloten. Und jetzt kommt's: Von einem abstürzendem Flugzeug spricht das Tarot; auch von einer Schneelawine, die ihn für immer unter sich begräbt ... den gewesenen Herrn Tanzschulinhaber und Steuerflüchtling Claas Ruhnau. Wie konnte ich nur so bekloppt sein und diesen zwölf Jahre jüngeren Tunichtgut gleich zweimal heiraten ... nur weil er gut aussah und den Stimmungsblues im Schlafzimmer gekonnt hinlegte.

Was hab' ich denn mit meinen zweiundfünfzig Jahren von meiner Frühpensionierung? Versorgungsausgleich satt wird mir für den Hallodri Monat für Monat von meiner Pension abgezogen. In Sielstedter Schmuckläden muss ich ein Zubrot verdienen, um mir einen lumpigen Zweiwochenurlaub leisten zu können. Zum Glück sind keine Blagen da, die es mit durchzufüttern gilt ...«

»›La Traviata, die Verlassene‹, auf Friesisch macht sich nicht schlecht; der selige Verdi bekommt noch mal so richtig Konkurrenz; es fehlt nur noch die Vertonung«, unterbrach Teite die Jaultirade ihrer Freundin, worauf diese sich kurz besann und in veränderter Tonlage bemerkte: »Du hast doch auf der Uni in Göttingen deine zwei lumpigen Buchstaben ›Dr.‹ verpasst bekommen. Da war doch mal ein Fall mit so einem weltberühmten Germanisten, einem Professor Sowieso. Der ist doch buchstäblich auf seiner letzten Doktorandin verendet.«

»Auf seiner Vorletzten wäre dies auch schlecht möglich gewesen«, parierte Teite gelassen, schwang sich behände vom Sessel, suchte unter den herumliegenden Schallplatten eine bestimmte aus und trippelte zum Abspielgerät.

Kurz darauf ertönte das musikalische Leib- und Magengericht der Clubpräsidentin: Maurice Ravels »Bolero«.

Einer inneren Robotik gehorchend, erhob sich die Ruhnausche auch prompt mit einem verklärten Lächeln, entledigte sich geschmeidig ihrer Textilien und erging sich intensiv in bauchtanzartigen Verrenkungen ihres üppigen Körpers, während Teite abgeklärt die Küche aufsuchte, dort aus dem Kühlschrank die für sie in Frage kommende Flasche herausnahm und sich am Küchentisch niederließ.

Nach geraumer Zeit hatte der Bolero seinen nicht zu überhörenden Höhepunkt erreicht, und die mit der Flasche in der Hand ins Wohnzimmer Zurückkehrende konstatierte das Übliche: Eine ekstatisch Tanzende, die wie durch ein Wunder nicht über ihren auf dem Fußboden liegenden Plunder stolperte.

Schließlich jedoch hatte Maurice Ravel seinen Zweck erfüllt. Gemäß dem Schiller-Wort vom »erschlaffenden Genuss« sank die Durchgeschwitzte auf ihrer Couch nieder, und auch Teite konnte sich entspannt ihrem guten Tropfen widmen.

Nach gut einer Stunde indes war wieder die übliche Tristesse mit dem aktuellen Thema angesagt.

Der Fortbestand »unseres ruhmreichen und über die niedersächsischen Landesgrenzen hinaus bekannten Damen-Motorradclubs ›Die Feuerhexen‹« stand auf dem Spiel.

In dürren Worten schilderte die tanzerholte Präsidentin Hela Ruhnau den Ernst der Lage und zog eine düstere Bilanz: »Streng genommen, Teite, sind wir beide die einzigen noch Aktiven; und was haben wir alles unternommen, als das Mitgliederdutzend noch voll war. Zeitungsberichte zuhauf; unvergessen unsere Tour durch Frankreich über die Pyrenäen nach Spanien ... und dann sogar noch eine Reportage über uns im Nord-Fernsehen. Und das soll jetzt alles vorbei sein?!«

Sie barmte nun mit schriller Stimme. Ihr Gegenüber nickte bekräftigend und schlug den Besuch des Sielstedter Stadtfestes vor, das in Kürze eröffnet werden sollte.

Nach anfänglichem Zögern und mit dem Hinweis, dass ihr Proletenveranstaltungen dieser Art ein Gräuel seien, erklärte sich Frau Hela schließlich einverstanden, nicht ohne jedoch Teite eine Warnung zukommen zu lassen. »Die fette Lambrecht weiß inzwischen, dass ihr Landser-Puff dichtgemacht wird. Jetzt will sie dich an der nächstbesten Tischkante zerkleinern. Sie streut überall, weil sie im Kopf nicht dicht ist, das Gerücht, dass du dahintersteckst; vor allem, seit ihre Tochter mit diesem Sebastian und deinem Kind in den Ruhrpott abgehauen ist und sich hier oben nie wieder blicken lassen will.«

Teite lächelte, scheinbar amüsiert, ob des Gehörten, und sodann machten sich die beiden Frauen auf den Weg ins Vergnügen.

4. Kapitel

Das dreitägige Sielstedter Fest des Jahres, das sich hauptsächlich im Innenstadtbereich der Zwanzigtausendseelen-Kommune abspielte, war auch überregional ein Begriff und lockte entsprechend viele Besucher an.

Die diversen Verkaufsbuden standen dicht an dicht; die Bierlokale hatten ihre Eingangstüren gleich ganz entfernt, um den Besucherzustrom einigermaßen kanalisieren zu können.

Das Trubel-Fluidum war wie gehabt: Durch zig Lautsprecher dröhnten die Schlagerschnulzen und ergänzten das Motto: Wenn der Norden auftaut…

Dieser Prozess spiegelte sich denn auch teilwiese bei unseren beiden Damen wider, die nun auch allmählich vom Flair der Festakustik aufgesogen wurden und an den Buden entlang in Richtung Rathaus schlenderten, von wo bereits über Lautsprecher, jedoch schlecht verständlich, die Eröffnungsrede des Sielstedter Bürgermeisters zu hören war.

»Da kommen wir ja noch gerade rechtzeitig, wenn der Vollidiot in die Bütt steigt und seine Floskeln absondert«, giftete Hela Ruhnau in einem Anfall von Unmut halblaut vor sich hin, aber so, dass es ihre Begleiterin noch hören konnte.

Diese versuchte, so locker wie möglich zu klingen. »Du solltest deinen Dauergroll gegen Meeni Petruschke endlich einhegen, zumal der Krieg im

Klassenzimmer für dich seit längerem aus ist und du mit ihm nichts mehr zu tun hast.«

Doch die offenkundig posttraumatischen Erinnerungen der Anderen schienen stärker , als sie jetzt erneut anhob: »Da sind noch einige Rechnungen offen mit meinem ehemaligen Klassenkameraden, der auf der Penne froh sein konnte, dass er von mir die Tests und Klassenarbeiten abschreiben durfte; sonst wäre er bestenfalls Feinabschmecker einer Klärgrube geworden. So konnte er sich letztlich gerade noch ins Schulaufsichtsamt flüchten und die Kollegen drangsalieren. Ich hätte ihn zu siezen, knallte er mir vor versammelter Mannschaft im Lehrerzimmer an den Kopf …, da war er aber schief gewickelt. ›Du warst schon als junger Bengel so dumm wie Schifferscheiße‹, hab' ich ihn angebölkt. ›Ich kann jederzeit deine erbärmliche Biografie hier ans Schwarze Brett heften!‹

Da hat er aber sofort die Schnauze gehalten und entgeistert aus der Wäsche geguckt. Im Raum herrschte Totenstille. Das hätte nämlich niemand der stets belächelten Kollegin mit ihren drei lumpigen Randfächern Sport, Kunst und Handarbeiten zugetraut …«

Sie hatte sich in Rage schwadroniert, so dass Teite sie unterärmelte und flugs einen der Schlager mitträllerte, die den Festlärm begleiteten.

So erreichten sie das Rathaus, auf dessen geräumigen Vorplatz das Volk von nah und fern versammelt war und zum ersten Stock des Gebäudes hinaufsah, wo jetzt der Herr Stadtratsvorsitzende Meenard Petruschke versuchte, sich in Positur zu stellen, wobei er von seinem Nebenmann und Vorredner gestützt werden musste.

Entsprechend begann er: »Liebe Landsleute von nah und fern! Es ist mir ... ein Vergnügen ... zu euch hier auf dem Parkplatz von ... von ... ja von ...«

Die ersten Sekundierrufe aus der Menge wurden laut. »Sielstedt ... Sielstedt ...«

Der Orator schien nun auf den Punkt kommen zu wollen und krächzte in das ihm hingehaltene Mikrofon: »Ich eröffne den Weihnachts... ich eröffne ... das Fest ist eröffnet!«

Lachen und Applaus mischten sich nun, und das übliche Prozedere nahm seinen Lauf.

Auch Hela Ruhnau und Teite machten Anstalten, den Rathausplatz zu verlassen, als Letztere von einem kleinen strohblonden Mann am Arm gepackt und herumgewirbelt wurde.

»Dich such' ich wie 'ne Stecknadel im Heuhaufen!«, rief er hektisch.

Teite, die seinen Alkoholatem zu spüren bekam, musste spontan lachen.

»Mensch, Heiner«, sagte sie; »von deiner Spritfahne kann ja eure komplette Rathausfraktion noch einen gediegenen Genossenschaftsabend machen.«

Der so Angesprochene bedachte nun die Ruhnausche mit einem kurzen Seitenblick und trat unschlüssig von einem Bein auf das andere, bevor er Teite wegzerrte und die Ruhnau ihn auf ihre Freundin einreden sah, die ihrerseits eine längere Gegenrede zu halten schien.

Danach verschwand der Mann im Rathaus, und Teite fand Zeit, amüsiert lächelnd ihre Begleiterin ins Bild zu setzen. »Pass auf, Hela: Der Meenard haut sich jetzt oben in seinem Amtsbüro erst mal zwei Stunden hin, um ein wenig auszunüchtern. Danach ist in seinem Privathaus noch ein gemütlicher Schlenderschluck in kleinster Runde angesagt.

Ich hab' dem Genossen Heiner Oltmanns natürlich gesagt, dass wir beide zusammen unterwegs sind, und dass ohne dich rein gar nix geht. Jetzt fragt er bei dem da oben gehorsamst nach; er sieht sich als dessen Rechte Hand.«

Die Lehrerin schien, wie es ihrer Gewohnheit entsprach, zu sinnieren, um sodann ihr hintergründiges Lächeln aufzusetzen.

Bald darauf erschien das Faktotum des Stadtratsvorsitzenden wieder und raunte Teite einiges zu. »… Wenn es sich überhaupt nicht vermeiden lässt …, dann in Gottes Namen …«, bekam Hela wortfetzenartig mit und konnte sich ein gewisses Grinsen nicht verkneifen.

Der Hagestolz und Frauentyp Meenard Petruschke, bekannt auch für die hohe Fluktuation seiner weiblichen Haushaltshilfen und der entsprechenden Losung »Warum soll ich es wegen

Einer mit allen verderben«, residierte in seinem eigenen und recht geräumigen Weißklinkerbungalow außerhalb des Stadtkerns im sozial gehobenen Wohnviertel »Kanal-Allee«.

Und genau dorthin führte der Weg der beiden Besucherinnen, für den sie bei langsamem Schlendern eine gute halbe Stunde benötigten, bis die hohen Scheinzypressen, die Petruschkes Anwesen geradezu hermetisch abzuriegeln schienen, in Sicht kamen.

Entsprechend eilig schien es Teite nun auch zu haben, was ihrer Begleiterin ein ironisches Lächeln und die Bemerkung abnötigte: »Sei doch nicht so hektisch, Mäuschen. Du kommst noch früh genug zu deinem Kavalier und an seine Hausbar.«

An der richtigen Haustür angekommen, klingelte Teite vergeblich und zog schließlich die Andere am Arm um das Haus herum auf die Terrasse, wo sie umgehend eine Anfuhr im gezwungen heiteren Schnauzton erhielten.

»Datt ham wir gern: Stadtfest und Einbrecherei. Ihr glaubt auch, die Bullen sind schon alle duhn, unn ihr könnt hier ausräumen.«

Erschrocken fuhr die Ruhnau herum und gewahrte in unmittelbarer Nähe einen korpulenten Mann auf einer Leiter mit einer Heckenschere in der Hand.

Teite indes, die nun auch den Dicken wahrnahm, musste lachen. »Mensch, Manfred«, rief sie; »du hier und nicht beim wichtigsten Ereignis von ganz

Niedersachsen. Verdienen denn Stadtbedienstete so wenig, dass die auch noch Bäume fällen müssten?«

Der uns bereits bekannte Bibliothekshausmeister gab mit bärbeißiger Miene unüberhörbar ungnädig zurück: »Proleten hams nich so gut wie das reiche Pissvolk unn müssen ihr Taschengeld für Bier unn Schluck mit mehr wie ein Nebenjob verdienen.«

Er wies mit seiner Schere auf den Rasen hinunter, wo in der Tat eine Menge von geschnittenem Strauchwerk davon zeugte, dass sich der kräftige Friese bereits mächtig ins Zeug gelegt hatte, was denn auch die Bibliothekarin mit der Zusatzbemerkung bedachte: »Von dem bisher Geleisteten, Manni, kannst du dir in den drei folgenden Stadtfesttagen einen soliden Leberschaden ansaufen.«

»Hatt sich watt«, entgegnete der Mann nun auf Friesisch, »min Ollsche gifft mi watt twischen de Hörns. Eenmal besopen, dat erlaubt se noch (Meine Alte haut mir zwischen die Hörner. Einmal besoffen, das erlaubt sie noch).«

Der Dialog geriet ins Stocken, da nun ein Taxi vorfuhr, dem der Hausherr Petruschke und sein Vasall Heiner entstiegen.

Sogleich nahm der Zypressenbeschneider seine Arbeit wieder auf, Teite Kampmann stand lässig und angedeutet breitbeinig auf ihren unvermeidlichen hochhackigen Stiefeletten da, und

Hela Ruhnau versuchte, bei zusammengekniffenen Augen ein dünnes Lächeln zu bewerkstelligen.

Petruschke taperte heran, übersah den Arbeiter auf der Leiter, salutierte der Ruhnau mit leicht erhobener Hand flüchtig zu und wirkte nun unentschlossen, als er vor Teite haltmachte.

Diese wiederum war die selbstinszenierte Heiterkeit in Person, als sie ihrem Verehrer zuflötete: »Wir sind über alle Maßen beglückt, hier und jetzt bei der bedeutendsten Persönlichkeit von ganz Sielstedt sein zu dürfen und rechnen selbstverständlich mit einer Regalierung (Bewirtung) der diversifizierten Art!«

Vorsichtshalber vollführte sie noch, eingedenk des Intellekts ihres Gegenübers, mimisch die einschlägige Trinkbewegung.

Der Stadtratsvorsitzende begann nun etwas verlegen von einem Bein auf das andere zu tanzen, dabei seine Berufskollegin Ruhnau aus den Augenwinkeln anschielend.

Schließlich jedoch bat er mit einer fahrigen Bewegung in das Innere seines Domizils und erteilte seinem Adlatus Heiner mit gesenkter und leicht brüchiger Stimme knappe Anweisungen, so dass das Quartett zügig bei Alkohol und Salzgebäck am Wohnzimmertisch zusammensaß und zunächst eher raunend und stockend Belanglosigkeiten austauschte.

Einmal mehr war es Teite, die den Bann brach. »Kinder«, rief sie, »haben wir hier Trauerstimmung nötig, oder was ist los?!«

Es wurde nun den Getränken forciert zugesprochen, wobei sich der Hausherr allerdings betont zurückhielt. Heiner schaltete die Musikanlage des Hauses an und gab den Diskjockey. Auch der Gastgeber verlor im Duzton gegenüber seiner früheren Kollegin an Verkrampfung.

Die Stimmung hätte nun durchaus Fahrt aufnehmen können, wäre nicht von draußen, genauer gesagt, von der Zypressenleiter ein markerschütternder Schrei ertönt, der sodann mit vier Worten in seine verbale Fasson gebracht wurde. »Zwiwwl unn Buddl Bier … Zwiwwl unn Buddl Bier …!!!«

Das Quartett begab sich nach draußen und sah Gärtner Manfred auf sich zu stapfen, der sich rhythmisch und beidhändig seine hohe Stirn beklopfte und unverdrossen seine Bier- und Zwiebel-Bestellung durch den Garten brüllte.

Als hätte Hausherr Meenard, der inzwischen wieder recht nüchtern wirkte, nur auf eine solche Gelegenheit gewartet, schnarrte er der Ruhnau und seinem Heiner zu: »Ihr versorgt den Kerl. Ich werde mich mit Frau Dr. Kampmann länger in mein Arbeitszimmer zurückziehen und mit ihr Bücher aussondern, die ich der Stadtbibliothek stiften will. Das kann dauern; und du, Heiner, sorgst dafür, das wir ungestört sind!«

Bei den letzten Worten sah er den Anderen eindringlich an und zog Teite am Arm mit sich fort.

Heiner Oltmanns und die grienende Hela ihrerseits geleiteten den offenbar von einer Wespe

Gestochenen in das Hausinnere und direkt in eine winzige Küche, die eine zweite Tür vom Vorratsraum trennte.

Über einem Elektroherd war ein unverhältnismäßig großer und bis oben hin mit Backwaren gefüllter Brotkorb angebracht. Ein Kühlschrank sowie ein kleiner Tisch mit Stuhl rundeten das Bild der spartanischen Bescheidenheit ab.

Manfred erhielt nun, was er benötigte: Viel Gerstenkaltschale vom nunmehr stellvertretenden Hausherrn und eine von Frau Ruhnau eigenhändig geschälte Zwiebel auf das feuerrote kahle Haupt.

Der Heilerfolg blieb nicht aus. Nach dem zwölften Bier mit Kornschnaps konnte das Wespenopfer für regeneriert erklärt werden.

»Was in so'n dicken Kierl alles reingeht, ohne dass er richtig duhn ist«, bemerkte die Mitbetreuende; halb belustigt, halb verwundert.

Heiner indes schien keine Lust mehr zu verspüren, weiterhin Mundschenk für den Vierschrötigen spielen zu wollen; umso weniger, als Manfred nun lautstark seinen Tageslohn plus Schmerzzulage einforderte; vor allem mit Blick auf das Stadtfest.

»Die Kohle kriegst du von Meenard, wenn er in seinem Arbeitszimmer alles erledigt hat«, wurde er beschieden.

Danach zog Heiner seine Helferin aus der Küche und gab ihr in knappem Duzton Bescheid: »Pass auf den Fettkloß auf. Dat iss'n Schlimmer Finger. Mit dem iss nich zu spaßen. Ich hau jetzt ab zum Fest.

Dort bin ich mit 'ner ehemaligen Perle vom Chef verabredet. Alles, was der durchhat, das … äh …«

Die Ruhnausche nickte verständnisvoll und bemerkte: »Auch Abstauber wie du müssen sich mal erleichtern; selbst wenn's die frühere Haushälterin vom Herrn Vorsitzenden ist.«

Sie klopfte ihm freundschaftlich auf die Schulter und hieß ihn gehen.

Die nun folgenden Stunden ließen im Hause des Sielstedter Spitzenprominenten Petruschke an ereignisreicher Aktivität nichts zu wünschen übrig. Hela hatte den geräumigen Vorratsraum recht gründlich inspiziert und war keineswegs überrascht, alles überreich vorzufinden; von den Gewürzen bis hin zu Champagner und Wein vom Besten, von dem sie sich umgehend bediente.

Gartenfaktotum Manfred mochte es kaum fassen, als die Frühpensionärin mit ihm anstieß und begann, direkt vor seiner Nase einen Bauchtanz anzudeuten und sich schließlich sogar auf seinem Schoß niederließ, um, wie sie sagte, das Wespenunheil gründlich zu untersuchen. Dazu säuselte sie: »Es ist keine Schande, lieber Manni, wenn jemand einen Stich hat. Dass er bei dir deutlich größer ausgefallen ist, das macht rein gar nicht. Das kriegen wir schon irgendwie.«

Mochte es am Parfüm der Samariterin gelegen haben oder an ihrer Aura als solcher; der wackere Schaffensmann und gestandene Friese Manfred Löhmannsröben wurde, auch beflügelt durch die bereits genossenen Getränke, spontan zutraulich und versenkte seine Tatzen mehr und mehr im Hüftspeck seiner üppigen Schoßfracht. Dazu versuchte er unbeholfen, auf Hochdeutsch zu parlieren.

»Ick war nur auf der Glockenturm-Schule, aber so blöd war'n wir da oog nich. Immerhin bin ick gelernter Maler unn Anstreicher geworden ... unn ick kann noch viel mehr. Wenn du mir mal brauchst ... ick komm' sofort.«

»Lieber Freund«, wurde er sanft unterbrochen; »Sonderpädagogischer Förderbedarf ist beileibe keine Schande, und Handwerker wie du sind mindestens genauso wichtig wie Kopfarbeiter! Wer weiß: Vielleicht werdet Ihr mal den Klugschnackern irgendwann den Rang ablaufen.«

Ick hab' mir sogar verbessert«, ereiferte sich nun der frischgebackene Ruhnau-Partner und vergrub seine klobigen Finger mit Vehemenz endgültig in die auf seinem Schoß Sitzende; »die Hausmeisterstelle bei der Stadt bringt Zusatzrente, unn watt min Dragoner, die Alma, iss, die bringt mit Kochen auf Hochtiden noch extra Geld in us Kass'...«

Die Kommunikationsschleusen schienen bei ihm nun vollends geöffnet, als er fortfuhr: »Ob der Meenard noch mal aus die Pofe rauskommt mit deine Freundin, der geile Bock. Watt glövst du, watt hier im Hus alles abgeht mit Weiber, unn mir lässt er oft tagelang op min Geld warten. Ick arbeit' ja schon lang für ihn. Watt bei ihm zählt, iss, datt er immer unn ewig mit sin Foto in der Zeitung iss unn dabei immer den Sozi für die arme Lüü makt, der verlogene Torfkopp. Unn dann schull ick ihm oog noch wählen bei die Wahlen, wollt er mir inschärfen. Ick wähl' nur die AOK, hebb ick öm seggt, aber die AOK steiht nie op'm Stimmzettel ...«

Hela Ruhnau konnte ein Lachen nur mühsam unterdrücken und verzichtet darauf, dem in Rage Geratenen den Unterschied zwischen der Allgemeinen Ortskrankenkasse und der Politik klarmanchen zu wollen, betonte aber: »Recht hast du mit deinem Wahlboykott, lieber Manfred. Wir sind doch ohnehin nur Stimmvieh. Den Politstrichern geht's doch nur um ihre Selbstdarstellung und vor allem um ihre Altersversorgung. Mehr steckt nicht dahinter.«

Als sie merkte, dass er sich abspannte, setzte sie ihr spitzbübisches Lächeln auf und raunte ihm dabei eine gute Viertelstunde etwas von »Stadtfest-Spaß; jetzt und hier« ins Ohr. Auch war die Rede davon, dass man sich dabei durchaus näher kommen könne.

Kurze Zeit später bereits machten sich zwei arbeitsteilig Vorgehende emsig ans Werk:

Monsieur Löhmannsröben schleppte ein ums andere Mal, soweit es sein Allgemeinzustand zuließ, bündelweise Scheinzypressen-Schnitt in die gute Stube, um selbigen dort mehr oder weniger gleichmäßig zu verteilen, während Madame Ruhnau es sich angelegen sein ließ, sämtliche Gewürze und Würfelsuppen nebst Haferflocken in der kleinen Küche sorgfältig und gleichmäßig zu zerstreuen und zusätzlich die Gardinen mit dem Inhalt einiger Fischdosen und Ketchup zu garnieren.

Schließlich wies Manfred der Tüchtige noch auf Vogelnester im Petruschke-Garten hin, die man ja ebenfalls ..., wurde aber diesbezüglich von seiner Mitstreiterin mit dem Hinweis ausgebremst: »Das lassen wir mal nach. In diesem Schuppen hier gibt's Peepshow genug.«

Das bunte Treiben brauchte seine Zeit. Letztlich jedoch war alles geschafft, und zwei offenkundig Zufriedene beschlossen, ihre Großtat gebührend zu begießen; vor allem Manfred, der mit ausgestreckten Armen seine Partnerin an »datt gemeinsame Näherkommen« erinnerte, worauf diese mit einem wohlgefälligen Lächeln scheinbar einging, den städtischen Hausmeister an die Hand nahm und ihn schwungvoll in die Küche vor die geöffnete Vorratskammer bugsierte.

»Mein lieber neuer Freund«, tönte sie ihn mit feierlich klingender Verve in der Stimme an, »es ist soweit. Wir beide werden jetzt gleich endgültige Duzfreundschaft trinken, wie wir's wohl noch nie gemacht haben.

Du, lieber Manni, wirst jetzt hier in der Kammer sorgfältigst die drei größten Flaschen aussuchen und ich in der Stube die Schallplatten mit der tollsten Tanzmusik.«

Mit diesen Worten schob sie den entrückt Strahlenden in die Vorratskammer, verschloss diese blitzschnell und verschwand mit dem Schlüssel in der Hand über die Terrasse ins Freie in Richtung Stadt, von wo aus bereits der Lärm der Böller und das Pfeifen der Leuchtraketen zu hören war.

Die Lehrerin machte sich nun sichtlich heiter und entspannt auf den Rückweg und überlegte dabei, ob sie sich zum Tagesausklang unter das Stadtfestvolk mischen sollte.

Da hörte sie einige Meter vor sich in einem Vorgarten eine trunkenrauhe Männerstimme.

Beim Nähertreten und im trüben Schein einer Gartenleuchte erkannte sie Heiner, der ausgestreckt unter einer Rotbuche lag und mit letzter Kraft psalmodierte: »Solange ich anständig … mein Bier bezahle, schmeißt mich aus dieser Pinte … niemand raus!«

5. Kapitel

Nach den drei tollen Tagen zog in Sielstedt vorübergehend wieder Ruhe ein. Auch die vandalistischen Vorkommnisse beim Herrn Stadtratsvorsitzenden wurden offensiv beschwiegen, inklusive die Tatsache, dass die über Gebühr große Beule auf Hausmeister Manfreds hoher Stirn nicht allein von dem Wespenstich sondern auch von der nachmitternächtlichen Nudelholz-Begrüßung durch seine Frau Gemahlin herrührte, so dass der Erdenkräftige eine Zeitlang mit einer dicken Pudelmütze auf dem Haupt im Nordseesommer herumlief.

Auch für unsere beiden Damen Teite und Hela kehrte wieder der Alltag ein. Während Erstere ihrem Verwöhn-Service im Yachtclub nachkam, versuchte die Letztere unverdrossen die Tarotkarten zu befragen, ob es ihren treulosen Exgatten noch gebe.

Dann jedoch – es mochte Anfang August sein – beschäftigte nur noch ein einziges Thema den elitären Kleinstadtklüngel: Die Rückkehr des »Königs von Sielstedt« Ingolf Brahms auf seiner Großyacht »Amore mio« von den Gefilden der Südsee. Von einer grandiosen Überraschung wurde gemunkelt. Einige wollten sogar das Wort Verlobung vernommen haben.

Für Ruhnau und Kampmann war dies Grund genug, in Teites Bad Gasthusener Strandhaus in

Klausur zu gehen, genossen sie doch bereits das Privileg einer datumspräzisen Einladung ihrer Motorrad-Clubkameradin Ina Scholten, die mit dem Großfabrikanten Brahms als dessen Gesellschaftsdame in der Südsee mit an Bord war.

»Das ist mal wieder typisch Ina«, bemerkte Hela Ruhnau und wedelte mit der Einladungskarte. »Spannt das Gör mit seinen dreiundzwanzig Lenzen uns mit dieser Geheimniskrämerei dermaßen auf die Folter. Dass der Ingolf in Kürze seinen Sechzigsten begeht, ist nichts Neues, aber was hat's denn mit der faustdicken Überraschung auf sich?«

Die brennende Neugier sollte indes nicht lange auf die Folter gespannt werden, da die arbeitslos herumstreunenden und zum kleinstädtischen Erscheinungsbild gehörenden Hafenbutjer schon bald das Einlaufen der »Amore mio« eifrigst verkündeten.

Für die beiden Motorradfrauen war es sofort ausgemachte Sache, clubspezifisch in hochhackigen Pumps, schwarzen Netzstrümpfen und im dunklen Lederkostüm jener Einladung Folge zu leisten.

Entsprechend machten sie sich einige Tage später termingerecht zu Fuß auf den Weg zum Hafen, wo sie alsbald vor der weißfarbigen und über vierzig Meter langen Luxusyacht standen, auf deren Breitseite überlebensgroß der Schiffsname prangte.

Teite und Hela verharrten abwartend und gewahrten schließlich auf dem Oberdeck einen langaufgeschossenen und noch jüngeren Mann in einer dunkelblauen Kapitänstracht mit entsprechender Mütze. Er schritt forciert an der Reling auf und ab, dabei angestrengt Ausschau haltend.

»Der kann nur uns meinen«, bemerkte die Ruhnau, während Teite den Hochgewachsenen bereits zu fixieren schien.

Es dauerte denn auch nicht mehr lange, da wandte sich der Mann auch beiden zu. »Sie können nur«, begann er lächelnd, »aber wirklich nur die beiden Rennfahrerinnen Frau Hela und Fräulein Teite sein. Ich habe den Ehrenauftrag vom Chef persönlich und nicht nur von ihm allein, sie höchstpersönlich an Bord zu hieven. Treten Sie unbesorgt näher.«

Einige gekonnte Handgriffe des Uniformierten reichten sodann, und er konnte sich den beiden nunmehr formvollendet, seine rechte Hand salutierend an die Mütze gelegt, vorstellen: »Gestatten: Geert van Rappen; Kapitän zur See und mit allen Wassern der Weltmeere gewaschen; außerdem … Motorrad-Narr, wie Sie beide auch.«

»Oh nein, oh nein; welch ein Empfang«, schrillte die Ruhnausche nun und versuchte, ihre Begleiterin zur Seite zu schubsen. »Sie, der Kapitän, und ich, die Präsidentin. Wenn da kein gelungener Abend bei rauskommt …«

Es dauerte eine geraume Weile, bis es dem Amore-mio-Kapitän gelang, das Nötigste an Struktur in die Situation zu bringen und darzulegen, dass es höchste Zeit sei, sich unter Deck ins Bordrestaurant zu begeben, wo der Sektempfang der handverlesenen Gäste – durchweg Yachtclubmitglieder und Vereinspräsidenten – bereits in vollem Gange sei.

Kurze Zeit später befand sich das Trio denn auch in der besagten Lokalität. Diese ließ keine standesgemäßen Wünsche offen, was ihre Ausstattung mit ovalen Sitz – und runden Stehtischen inklusive Tanzfläche und großer Theke betraf.

Vor letzterer stand als Blickfang und Mittelpunkt auf einem transportablen und sichtlich erhöhten Podest ein schon recht angegrauter Herr neben einer zierlichen jungen Dame. Das ungleiche Paar war flankiert von einem bereits älteren Ziehharmonikaspieler, der in blauweißer Matrosentracht und sichtlich in Habacht-Stellung in einem großen braunen Ledersessel hockte sowie von einem halben Dutzend adrett und einheitlich gekleideter Frauen südostasiatischen Aussehens, in deren Gesicht das Lächeln eingemeißelt schien.

Die eher kleine Gästeschar in festlicher Garderobe stand mit feierlicher Miene und ehrerbietig mit einem gefüllten Glas in der Hand vor dem Podest, um dem Gastgeber gebührend zu huldigen.

Es war dies der Heizkörperfabrikant Ingolf Brahms, der in der Sielstedter Schickeriaszene eine Sonderstellung einnahm, waren doch seine

Betriebsstätten, die über das gesamte norddeutsche Gebiet verteilt waren, unter dem Gütesiegel »Brahmsheizung« auch überregional ein Begriff.

Der entsprechend betuchte Junggeselle und Mäzen zahlreicher Vereine konnte sich daher über Frauenzuspruch nicht beklagen. Obwohl von seiner bescheiden ausgefallenen Körperstatur her optisch alles andere als ein Präferenztyp für Damen, hatte er in der kleinen Garnisonstadt die mehr oder weniger große Auswahl – und dies keineswegs nur unter den sozialen Randgruppen-Mädchen.

»Was die holde Weiblichkeit angeht, bin ich typologisch und altersmäßig souverän disponibel«, ließ sich der diplomierte Volks- und Betriebswirt im gehobenen Sprachcode gerne in und außerhalb Sielstedts vernehmen.

Trat er auf diversen Jahreshauptversammlungen und deren Vergnügungsbällen ans Rednermikrofon, nahm die aufspielende Musikkapelle unter ihrem Dirigenten gesteigerte Konzentrationshaltung an, um nicht den Pointen-Tusch zu versäumen; vor allem dann nicht, wenn der Orator seine Ehrenrede mit seinen üblichen Worten schloss: »Wir leben inzwischen längst im Zeitalter des ›Lassens‹; so auch ich: Ich l a s s e arbeiten und meinen Unternehmensgewinn berechnen. Ich l a s s e auf meinen Banken mein Geld und meine vielen Häuser mit den Mieteinnahmen zählen. Ich l a s s e auf meiner Yacht den Wind die Segel steifen.

Nur eines lasse ich auf meiner »Amore mio«,

wenn ich eine hübsche Frau an Bord habe, mit Sicherheit n i c h t … aber wirklich nicht … D a s besorge ich immer noch höchstpersönlich; so wahr ich hier vor euch stehe, liebe Freunde!«

Der tosende Beifall, der ihn sodann unter dem Zutun der Musiker zu umbranden pflegte, mochte inszeniert wirken, war aber durch den generösen Spendenscheck des Fabrikanten vollauf gedeckt.

Auch heute, am Tage seines sechzigsten Geburtstages und seiner Verlobung mit Fräulein Ina Scholten, der Dreiundzwanzigjährigen, hielt er seine unvermeidliche Lassen-Rede, um anschließend seiner kleinen hellblonden Jungtrophäe, die in der Kleinstadt den Spitznamen »Tunixe« weghatte, unter dem angestrengt beflissenen Beifall seiner Gäste den hochkarätigen Ring anzustecken und zu dröhnen: »Dies hier ist Opas letzte Nummer; ich schwör's!«

Der vom Musikanten intonierte Tusch beendete fürs erste die skurrile Szenerie und leitete über zum üblichen Procedere: Das ausführliche Abschreiten des Speisebüfetts und dem anschließenden Verzehr bei gedämpfter Konversation, die indes ihre dezenten Unterbrechungen durch die grazilen Asiatinnen erfuhr. Diese tingelten mit den großen Champagnerflaschen reihum und ließen ihren dienstfertigen Ruf »Wattu tlinkään?« im schönsten Sopran erschallen, um sodann gekonnt die Gläser nachzufüllen.

Nach gut einer Stunde ging das Schmausen allmählich seinem Ende entgegen. Der Jackettzwang für die Herren ward aufgehoben, und ihre Partnerinnen konnten nun ausführlich die Gebresten ihres Alters auftischen.

Zwei der Gäste allerdings standen allein auf weiter Flur – besser gesagt: an einem der Stehtische, wo sie auch ihren Verzehr hatten. Ab und an, wenn es ihr möglich war, gesellte sich die Braut Ina zu ihnen.

Hela Ruhnau und mehr noch Teite Kampmann waren im Bordrestaurant Unpersonen; vor allem letztere, und ihre betagte Kundschaft hütete sich, auch nur verstohlenen Blickkontakt zu ihr aufzunehmen.

Lediglich am Büfett waren zuvor halblaute aber scharf formulierende Frauenstimmen vernehmbar: »… das so was noch frei rumläuft … die gehört in einen Bleianzug gesteckt und in die Nordsee versenkt …!«

Zum Glück gab es den Käptn van Rappen, der als maitre de plaisir die Runde machte und so einer vergifteten Atmosphäre entgegenwirkte.

Somit ging es denn zusehends auf Mitternacht zu. Der Shanty-Spieler packte sein Instrument weg und übernahm die Rolle des Mundschenks hinter dem Tresen, vor dem nun auf den Barhockern – als sei es verabredet gewesen – die drei Motorraddamen nebst Geert van Rappen Platz nahmen. Letzterer kam neben Teite zu sitzen und bekam ihre Stiefelspitze von Mal zu Mal dezidierter auf seinem Fuß zu spüren.

Dann beorderte der Gastgeber und frischgebackene Bräutigam unauffällig van Rappen zu sich, um mit ihm einiges zu bereden. Den Käptn sah man mehrmals nicken und ihn dann verschwinden.

Kurze Zeit später bat laut und entschieden der König von Sielstedt um Gehör:

»Meine lieben Gäste und Freunde!

Ich wurde unter der Hand bereits den ganzen Abend dezent gefragt: Wer ist denn bloß der schneidige junge Mann in seiner Kapitänskluft und den hervorragenden Umgangsformen mitsamt seinen englischen Sprachkenntnissen?

Tja, liebe Freunde: Ich habe extra gewartet, bis die Uhr Mitternacht anzeigt, um euch – vor allem die Damen – ein wenig schmoren zu lassen.

Ich denke jedoch, dass jetzt der Zeitpunkt gekommen ist, den Schleier zu lüften.

Also: Der Besagte hört auf den holländischen Namen Geert van Rappen. Das kommt daher, dass er im emsländisch-niederländischen Grenzgebiet zur Welt kam; der Vater Holländer, die Mutter Deutsche. So hat er es mir erzählt.

Und – was ich zunächst auch nicht wusste: Der immer noch junge Mann von erst Mitte dreißig war einst Heizungsbaulehrling in einem meiner Zweigbetriebe, bevor er zu einer beispiellosen Karriere ansetzte: Abitur auf dem Zweiten Bildungsweg ... Schiffsakademie ... Kapitän zur See und daneben noch eine Künstlerlaufbahn als Harfinist.

Dies alles erfuhr ich von ihm höchstpersönlich, als wir uns durch Zufall in einer Hafenbar der Südsee kennenlernten und er sich anschickte, seinen mehrmonatigen Landurlaub anzutreten, der ihm auch als Käptn unter fremder Flagge zusteht.

Um es kurz zu machen: Herr van Rappen wird einige Zeit in Sielstedt verbringen. Bevor er jedoch auf Budensuche geht, wird er jetzt und hier eine Kostprobe seines musikalischen Könnens geben - und zwar auf der Keltischen Harfe mit Gesang. Er wird jetzt in wenigen Sekunden hier erscheinen und zwar als Harper Beowulf.«

Und so geschah es: van Rappen trat aus einer Nebenkajüte hervor und war zunächst nicht wiederzuerkennen, da er die Kapitänstracht mit einem weißen Rollkragenpullover und einer legeren Jeanshose getauscht hatte. In seinen Armen hielt er eine handliche Harfe, die er sogleich ertönen ließ. Dazu erscholl sein getragen-elegischer Gesang, der gut zwanzig Minuten dauern mochte.

Es war dies eine durchaus solide Leistung, die er darbot, aber es bedurfte einiger Zugaben, um die Gehörgänge seiner Zuhörer auf die Spezifik dieser Musik einzustimmen.

Mit der Harfendarbietung war denn auch der offizielle Teil der Wiedersehens- und Verlobungsfeier beendet, und es erfolgte nun an Unter- und Oberdeck der mehr oder weniger gemütliche Teil.

Dieser bestand, was unsere beiden Frauen angeht, in einem kurzen und ungleichen Buhlscharmützel zwischen ihnen um die Gunst Geert von Rappens.

Frontal vor ihm stehend und ihn dezent betatschend, hatte Hela ihm zugeraunt: »Ihnen oder … dir … als Kenner der Frauen brauch' ich ja nicht zu erklären, dass reifer Wein besonders gut mundet.«

Worauf der Umschwärmte entgegnete: »Das stimmt, und ich habe auch durchaus schon erlebt, dass es sich auf einer alten Stradivari besonders gut geigt …«

Damit entledigte er sich geschmeidig seiner Verehrerin und lächelte vielsagend zur Anderen hin, die in unmittelbarer Nähe stand.

Die Zeit bis zum Morgengrauen schritt nun voran, und es konnte sowohl ein abseitiges Gespräch zwischen der Ruhnau und Braut Ina als auch eine Unterredung zwischen Ingolf Brahms, Geert van Rappen und Teite Kampmann beobachtet werden, nach deren Beendigung der Deutsch-Niederländer verschwand, um danach mit einem Koffer und einem großen Seesack wieder zu erscheinen.

Minuten später bat Fabrikant Brahms über ein Megaphon noch einmal um Gehör.

»Meine verehrten Gäste!

Eine alte Spruchweisheit besagt: ›Wenn's am besten schmeckt, soll man aufhören zu essen‹ ...«

Dies war das Signal für das Ende der Feier, und eine bettschwere Gesellschaft schleppte sich denn auch eher still von Bord.

Zurück blieb der harte Fünferkern, der im Bordrestaurant an einem der Stehtische den friesischen »Schlenderschluck« einnahm. Dabei wurden organisatorische Einzelheiten erörtert – mit dem Ergebnis, dass van Rappen bei Teite in deren Bad Gasthuener Strandhaus für die gesamte Zeit seines Landurlaubs einquartiert werden sollte.

»An deiner Stelle würde ich sofort das Taxi kommen lassen, liebe Teite«, bemerkte Hela Ruhnau spitz, sah dabei aber Ina an, die sich ein leises aber doch hörbar prustendes Lachen nicht verkneifen konnte und hinter dem Tresen verschwand, wo sie sich an einer kleinen Musikanlage zu schaffen machte.

Derweil tat der Herr Bräutigam kund: »Wenn wir jetzt wieder herkommen – der Termin steht noch nicht fest – dann wird's erneut hier an Bord rund gehen.

Du, mein lieber Geert, besorgst mir umgehend den richtigen Steuermann; für dich kein Problem. In ein paar Tagen sind wir weg. Dann heißt's mal wieder: Schiff ahoi!«

Etwa eine dreiviertel Stunde später war es dann soweit. Ein von der immer hektischer werdenden

Teite bestelltes Taxi war vorgefahren, und van Rappen half dem Fahrer beim Verstauen seiner Habseligkeiten, um sich sodann noch einmal ausführlich von seinem Gönner Brahms zu verabschieden, während Teite in das Taxi kraxelte.

Diese Momente nutzte die angehende Frau Brahms, um ihre Motorradfreundin für einige Hinweise beiseite zu nehmen.

»Ich muss es kurz machen, Hela: Wenn die dumme Kuh die Nase nicht immer so hoch getragen hätte …. Noch weiß sie nicht, was ihr mit dem Kerl blühen wird, und alles kann er mit seiner geölten Schnauze und seinen Bettkünsten auch nicht rausreißen.

Sie wird ihr Waterloo erleben, und du kannst froh sein, dass du bei ihm abgeblitzt bis. Dem geht's nicht um Liebe; diesem Hallodri wirklich nicht. Ich weiß, was Sache ist.«

Ina Scholten musste an dieser Stelle ihren Andeutungsbericht abbrechen, da das Taxi unter einem kurzen Hupton davon fuhr und Brahms zurück an Bord kam.

Es wurde nach einigem Hin und Her verfügt, dass Hela an Bord bleiben und eine der Gästekajüten beziehen sollte.

Dann allmählich kehrte auch auf der »Amore mio« die nötige Ruhe ein.

6. Kapitel

Die ersten vierzehn Tage des frisch liierten Paares verliefen eher unstrukturiert und locker.

Er verhielt sich ihr gegenüber galant – von einigen Ausfällen abgesehen – und aufmerksam. An sinnlichem Einsatz in Teites Freier-erprobtem Gemach ließ er es ebenfalls nicht fehlen.

Die Angelegenheit schien sich gut anzulassen, so dass Teite in ihrem vertraulichen Notizbuch, das in der Geheimschublade ihres Schreibtisches seinen nur ihr bekannten Platz hatte, die Eintragung vornahm:

Ist er seinem Äußeren und seiner ganzen Art nach sein Doppelgänger, oder ist er es selbst? Ich bin mir bewusst, dass ich nicht klar bei Verstand bin, aber nach Pierre ist er der Zweite, der in mir genau den Gefühlsschub bewirkt hat, der sich Romantik nennt. Ich komme mir vor wie Goethes »Werther« – nur andersrum.

Ich halte es mit der Erkenntnis: Fehler haben wir alle; warum sollte Geert da eine Ausnahme sein. Ich lasse ihn mir nicht madig machen und vermiesen. Koste es, was es wolle!! Dafür ist die Natur der Frau in mir zu schade. Punkt. Aus.

Entsprechend dieser ihrer Notiz verhielt sie sich denn auch. Großzügig überließ sie ihm ihr Motorrad und benutzte hinfort ihre kleinere Zweitmaschine. Gleichermaßen versorgte sie ihn ausreichend mit Geld. »Damit dir's vormittags, wenn ich im Dienst bin, nicht zu langweilig wird ...«, wie sie ihm augenzwinkernd zuflötete.

Langeweile ließ er in der Tat nicht bei sich aufkommen. So führte so manche seiner Fahrten gezielt in sein emsländisches Heimatgefilde, was er jedoch wohlweislich für sich behielt.

Stattdessen setzte er sich gekonnt in Szene, wenn er mit seiner Harfe und in seiner Kapitänskluft in der Stadtbibliothek erschien und vor Schulklassen den Weltreisenden gab.

»Ich habe nicht nur die Weltmeere bereist«, tat er gewichtig kund, »sondern ich habe auch Expeditionen zu Lande begleitet und dies oft in die gefährlichsten Gebiete.«

Die Schüler, die eigentlich in die Benutzungsmodalitäten der Bibliothek eingeführt werden sollten, lauschten interessiert seinen Schilderungen; vor allem, wenn er zu diesem oder jenem Höhepunkt kam – etwa: »Und dann in jener Wüste, als ich meine Leute aus den Augen verlor, weil ich mich zu sehr in das Betrachten der Kakteen vertieft hatte. Ich hörte es immer deutlicher: jenes Fauchen und Knurren; und dann sah ich es: ein ganzes Rudel Löwen, das immer näher kam. Es musste mich gewittert haben, Ihr könnt euch vielleicht vorstellen, wie mir anders wurde. Ich sprang auf und war nur noch am Rennen und das Rudel hinter mir her. Als ich dachte: Jetzt ist alles aus, da tauchten vor mir eine Reihe riesiger Kastanienbäume auf. Mit letzter Kraft schwang ich mich an dem ersten hoch und hockte schließlich oben in der Baumkrone …«

An dieser Stelle pflegte er abzubrechen und die Schüler der Reihe nach eindringlich anzublicken.

Kam es einmal vor, dass eines der Schulkinder schüchtern einwandte, dass es doch in der Wüste eigentlich keine Kastanienbäume gebe, bekam es prompt zu hören: »Du kannst mir glauben, und ihr alle könnt es mir glauben: Wenn man sich in einer solchen Alles-oder-Nichts-Situation befindet, dann prüft man nicht mehr groß, um welche Baumart es sich handelt. Dann klettert und kraxelt man nur noch um sein Leben!«

Auch im privaten Bereich dominierte er. Dies zeigte sich an einem Nachmittag, als Teite außer Haus war, um Besorgungen zu machen.

Auf mehrmaliges und immer intensiveres Läuten an der Haustür, hatte er selbige schließlich geöffnet und sah sich einem Mann mit Schnellhefter unter dem Arm gegenüber, der sichtlich überrascht schien und einige Momente brauchte, um sich mitteilen zu können.

»Gestatten, Petruschke ist mein Name. Ratsvorsitzender, Parteivorsitzender, Schuldezernent … und … und einiges mehr. Ich war in letzter Zeit einige Male vergeblich hier … äh … Ich bin sozusagen in amtlicher Funktion hier.«

»Hervorragend«, entgegnete sein Gegenüber; »ich bin auch in einer bestimmten Funktion hier;

das ist dann doch einer zu viel; vor allem wenn der viel ältere mein Vater sein könnte.«

Geert van Rappen musste bei der hochgestellten Persönlichkeit offenbar einen wunden Punkt getroffen haben, denn als er die Tür schließen wollte, stellte Petruschke seinen Fuß dazwischen und versuchte hektisch, van Rappen einen gewissen Standpunkt klar zu machen, so dass sich die Kontrahenten bald blitzenden Auges maßen und ein Wort das andere ergab.

»Ich habe bei Fräulein Kampmann eindeutig das Erstgeburtsrecht«, tönte der Vorsitzende, so laut er es mit seiner Lispelstimme vermochte.

»Du missglückte Abtreibung hast bei Teite noch nicht mal das Missgeburtsrecht«, wurde er vom Anderen sogleich beschieden; »du gehörst augenblicklich in die Nordsee versenkt. Auf das bisschen Verschmutzung mehr kommt's jetzt auch nicht mehr drauf an!«

Damit packte er den lasziven Sozialdemokraten mit beiden Händen am Kragen, schüttelte ihn durch und schob ihn kraftvoll zu den Büschen an der Eingangspforte hin. Dort erfuhr Meenard Petruschke die nachhaltige Wirkung seemännischer Griffkombinationen. Denn ehe er sich versah, landete er nach einer erzwungenen Volldrehung mit dem Kopf zuerst im verblühten Rhododendronstrauch; und dies auf den Knien.

Den Abschluss der Prozedur bildete ein herniger Tritt in seinen Allerwertesten, so dass der prominente Sielstedter unter einem durchdringend hirschartigen Röhren durch das Unterholz kroch, im Ohr die Warnung seines Bezwingers, die nichts im unklaren ließ: »Wenn du nichtsnutzige Tümpelkröte es noch einmal wagst hier aufzukreuzen, dann wird dieser Busch hier mit Sicherheit der allerletzte gewesen sein, durch den du gekrochen bist. Dann hörst du nur noch das Meer rauschen. Dann ist Schicht im Schacht!!«

Nach diesem Vorkommnis verfiel van Rappen in eine gewisse, versonnen anmutende Schweigsamkeit, die einige Tage anhielt und die Teite nicht entging, zumal sie ihren Alkoholkonsum, seinem Beispiel folgend, reduziert hatte und damit entsprechend reflektierfähig war.

Als er sich wieder einmal in den oberen Stock zurückgezogen hatte, stieg sie leise treppauf und fand ihn vornübergebeugt in einem Sessel sitzend vor, seinen Kopf in die Hände gestützt.

»Irgendwas hast du doch«, sprach sie ihn sanft an. Er atmete tief durch und zog sie auf seinen Schoß.

»Es gibt da ein Problem, das mir peinlich ist aber besprochen werden muss«, sagte er etwas zögerlich, um sodann auf den Punkt zu kommen, wobei er sie eindringlich beschwörend ansah.

»Du weißt, mein Schatz, mein Tütti, was wir beide für ein verdammt gefährliches Hobby haben. Da geht's oft um Sekundenbruchteile. Da kann ein Baum urplötzlich immer schneller werden ...«

Er zog sie an sich und flüsterte: »Meine niedliche Tütti. Ich möchte dich nicht verlieren. Ich möchte bei dir jetzt immer vor Anker liegen. Es ist ein großes Opfer für mich, der Welt als Reisender Ade zu sagen.

Es sind aber auch noch andere Dinge zu bedenken. Wie komme ich später zu genügend Rente? Und weiter: Wenn m i r was zustößt, kannst d u dir ein Ei drauf pellen. Aber, mein Tütti, mein niedliches Schneckchen; was ist, wenn d i r etwas zustößt? Dann steht der Geert ohne alles da, und von der gesunden Nordseeluft allein wird dein einsamer Geert nicht satt.«

Er presste sie jetzt an sich und raunte: »Ein klein wenig, mein' Tütti, müsstest du mich schon absichern. Ein Spaziergang zum Notar und einige Bank- und sonstige Vollmachten, einschließlich Miterbschaft, wir sollten unbedingt Nägel mit Köpfen machen. Unsere geplante Nordafrika-Tour im nächsten Frühjahr auf unseren Feuerstühlen wird nicht ohne sein. Paris–Dakar ist nichts dagegen.«

Er sah sie nicken und lächeln, und somit war eine Woche später die Angelegenheit voll und ganz in seinem Sinne geregelt. Vorsorglich hatte er die notariellen Dokumente mehrfach fotokopiert und beglaubigen lassen.

»Jetzt bin ich ganz dein, mein Tütti«, hauchte er ihr ins Ohr, und sie dankte es ihm umfassend und mit einer zusätzlichen Einladung in das französische Exklusiv-Restaurant »Chez Charles« in der größeren Nachbar- und Universitätsstadt.

Sie beschlossen, sich in Schale zu werfen und ihre endgültig gewordene Zweisamkeit »heute mal voll auf Kante« zu begießen.

Während Geert sich einmal mehr als Kapitän der Weltmeere drapierte, besorgte Teite telefonisch und französisch parlierend, die Tischreservierung, um danach das Taxi zu bestellen.

Unterwegs bereits geriet das Paar in ausgelassene Stimmung, jedenfalls was die eher leger gekleidete Teite anging, deren Mund nicht stillstand und die berichtete, wie lange sie den Monsieur Charles schon kenne und wie er sich im deutschen Lande hochgearbeitet habe und längst fließend Deutsch spreche.

»Er war so erfreut, von mir mal wieder zu hören, dass er uns seine Nische für Privatgäste herrichten lässt«, verkündete sie stolz, und van Rappen lächelte schmal dazu.

Bei »Chez Charles« angekommen, sahen sie sich tatsächlich an der Eingangstür vom befrackten Chef des Hauses erwartet, einem untersetzt gedrungenen Endsechziger mit schwarzem Haar und Schnurrbart, der sie mit betont freundlichem Lächeln in das französische Ambiente des mit Gästen gutgefüllten Lokals hereinbat.

Es stellte sich zügig heraus, dass Teite nicht zu viel versprochen hatte. In besagter Nische erwartete sie bereits ein langaufgeschossener junger Kellner mit der Speisekarte und dem Sektsorbet zur Begrüßung, der sich ein kleiner aber durchaus formvollendet formulierter Willkomm des jungen Mannes anschloss, worauf Teite applaudierte und in Richtung van Rappens kicherte: »Genau das hättest du früher sein können, Geert. Nein, so viel Ähnlichkeit ...«

»Mein angehender Star-Kellner Heinz«, bemerkte Herr Charles mit einigem Stolz in der Stimme. »Er steht kurz vor seiner Abschlussprüfung und hat seinen Vertrag bei mir bereits in der Tasche.«

Nach dem Sorbet, dem sie ungezwungen zugesprochen hatte, machte Teite nun Ernst und orderte zum Menü »Rotwein mit offenem Ende«, während ihr Begleiter knapp aber entschlossen »deutsches Bier« bestellte.

Während getafelt wurde, war Kellner Heinz diensteifrig aber unaufdringlich in ständiger Reichweite, während sich Herr Charles erst nach dem Menü den beiden Herrschaften dazugesellte.

Es war nicht leicht für den Chef des Hauses, die diplomatische Contenance zwischen der ausgelassenen Teite und ihrem reserviert wirkenden Begleiter zu wahren. Dieser war denn auch umfassend bedient, als die trunkene Romanistin nur noch hemmungslos Französisch parlierte, und es Monsieur Charles letztlich kaum noch schaffte, mit der Situation fertig zu werden.

Achselzuckend blickte er van Rappen an, der

sich von seinem Platz erhob und sich vorübergehend empfahl, um, wie er sagte, »seinen Wasserhaushalt auf dem stillen Örtchen zu regulieren«.

»Vergiss das Wiederkommen nicht, Schätzchen«, plärrte Teite. »Verlauf' dich nicht!«

Diese guten Wünsche sollten indes nicht von Erfolg gekrönt sein, denn eine Viertelstunde später bereits war eine überlaute Stimme zu hören, die nicht unbedingt zu dem besagten Stillen Ort passte.

Entsprechend fiel die Reaktion von Hausherrn Charles aus. Mit einem entsetzten »Mon Dieu, le capitaine ...« (Mein Gott, der Kapitän) sprang er auf und eilte in Richtung Geräuschquelle, zu der sich dann auch Teite aufmachte.

Es war dies die Küche, aus der van Rappens aggressives Schnauzen zu hören war.

»Du hast wohl 'nen Porzellanschaden; nicht alle Tassen im Spind, wie?

Wenn ich mich an jede von euch erinnern wollte, der ich einen Einlauf gemacht habe, dann bräuchte ich drei Pferdeköppe statt einem normalen. Bei dir reicht nicht mal die stärkste Luftpumpe, um dein bisschen Hirn auf Erbsengröße zu bringen.

Wenn du nicht augenblicklich deine dämliche Fresse hältst, du fettes Weib zum Abgewöhnen ...«

Der Restaurantinhaber nahm allen Mut zusammen und betrat entschlossen die Küche, gefolgt von der albern lachenden Teite.

Der Anblick, der sich bot, war in der Tat problematisch. Van Rappen hatte eine korpulente

Küchenhilfe am Wickel, der er einige derbe und schallende Ohrfeigen verpasste und die hysterisch Aufheulende in Richtung eines großen Kochkessels schob, während sich das übrige Küchenpersonal betreten im Hintergrund hielt.

»Ich hätte nicht übel Lust, dich hier und auf der Stelle in den größten Kochpott zu verfrachten. Dann wird aus dieser Franzosenbude heute noch 'ne Labskaus-Kaschemme«, brüllte der Kapitän der Weltmeere nun in voller Lautstärke.

Herr Charles versuchte dazwischen zu gehen, dabei laut barmend: »Aber mein verehrter Herr. Ich darf Sie doch sehr bitten. Wir brauchen doch noch unsere tüchtige Elke; unsere fleißige Kaltmamsell. Ich bitte Sie sehr, Herr Kapitän!«

Während van Rappen innehielt und zu überlegen schien, ob er sich erbitten lassen solle, von der Dicken abzulassen, schien sich Teite köstlich zu amüsieren und gackerte trunken: »Ja ja, so isser manchmal, mein süßer Kleiner. Genauso kann er sein. Die Hand rutscht ihm schon mal aus. Ich kenne das.«

Erst allmählich beruhigte sich die Situation. Der Chef des Hauses, dessen einkonditioniertes Rollenlächeln eingefroren war, durfte wieder lächeln, zumal es ihm gelungen war, »die hochverehrten Herrschaften« wieder zurück in die Gourmetgefilde zu komplimentieren.

Charles ließ durch Kellner Heinz dezent ein Taxi ordern, das auch bald eintraf.

Unter Bücklingen dankte der Chef seinen beiden Gästen für den »insgesamt sehr, sehr schönen Abend, der selbstverständlich auf Kosten des Hauses geht« und umarmte dabei besonders die französischkundige Madame Kampmann, die es sich ihrerseits nicht nehmen ließ, im Hinausgehen, an allen Gästen vorbei, die französische Nationalhymne, die Marseillaise, zu singen – soweit es ihr Zustand zuließ.

Die anschließende Taxifahrt zurück nach Sielstedt hatte zwar auch ihre Tücken, war aber letztendlich dank der Routine des Fahrers von Erfolg gekrönt.

7. Kapitel

Es mochte mittlerweile eine gute Woche vor Weihnachten sein, als sich Teite im Gedränge der Sielstedter Innenstadt zögernd in jenen Schmuckladen begab, in dem ihre Freundin Hela sich ihr Zubrot verdiente. Beide hatten sich seit der Feier auf der »Amore mio« nur noch sporadisch gesehen, und entsprechend war ihrer beider Gesprächsatmosphäre.

Ohne aufzublicken und zwischen den Schmuckstücken herumhantierend, tat sie Teite, als der Laden vorübergehend frei von Kunden war, kund: »So kann's denn kommen, dass ein Motorradclub zuletzt nur noch ein einziges Mitglied hat, und das ist in diesem Fall die Präsidentin selbst. Das macht aber nichts; im Gegenteil«: – an dieser Stelle blickte sie auf – »Bei meinen interessanten Erkundungsfahrten, vor allem ins Emsland dicht an der holländischen Grenze, werde ich immer mehr gewahr. Inzwischen hat mich so richtig das Jagdfieber gepackt, und ich komme mir vor wie Sherlock Holmes persönlich.

Mit meinen bisherigen Ergebnissen kann ich durchaus zufrieden sein. Eins weiß ich bereits jetzt schon: Nicht ich werde aus der Bahn geschleudert; nicht i c h . Einmal wirst du kapieren: Freunde in der Not kommen tausend auf einen Lot.«

Teite fühlte urplötzlich Beklemmung in sich

aufsteigen, als sie meinte, im ihr bekannten hintergründigen Lächeln ihrer Freundin eine nicht zu übersehende Portion von Genugtuung zu bemerken.

So war sie, bevor sie etwas sagen konnte, froh, dass neue Kundschaft den Laden betrat und sie sich mit einem kurzen Kopfnicken empfehlen und nach draußen tippeln konnte, um in der Stadt für ihr Ein und Alles die Geschenke zu besorgen.

Der Süßer-die-Kassen-nie-klingeln-Tag stand unmittelbar bevor, und auch Capitano Geert ließ es sich angelegen sein, Teite mit geheimnisvoll anmutendem Geraune anzudeuten, dass sie sich auf eine Bescherung der besonderen Art freuen dürfe, die er jedoch von weiter her holen müsse.

Sprachs und verschwand.

Dann war der Heilige Tag, wie er an der Nordsee genannt wird, gekommen.

Geert van Rappen hatte vorab eindringlich und mehrfach nur einen einzigen Weihnachtswunsch geäußert: Das Fest der Liebe in Teites oberer Strandhausetage zu feiern. »Tütti, du ahnst gar nicht, wie herrlich der Ausblick übers Meer nach da drüben sein kann – zur christlich erleuchteten Hafenstadt hinüber. Es ist Romantik pur ...«

Nach mehrmaligem tiefen Durchatmen war Teite stumm nickend seinem Wunsch nachgekommen und hatte die vielen Geschenke für ihn mühsam nach oben geschleppt, ebenso den großen Weihnachtsbaum, so dass schließlich – unter gedämpfter festlicher Hintergrundmusik – um achtzehn Uhr die Bescherung erfolgen konnte.

Van Rappen wirkte dabei sichtlich zerfahren, als er die von Teite penibel verpackten Kartons aufriss, dabei hin und wieder verstohlen auf seine Armbanduhr schauend und die bei solchen Anlässen üblichen Floskeln hechelte: »Toll ... einfach toll ... sa-gen-haft ... wär' doch nicht nötig gewesen.«

Schließlich hielt er inne, erhob sich, verließ den Raum und hieß seine Gastgeberin sich noch etwas zu gedulden.

Sie hörte, wie er das Haus verließ, und es war ihr, als würde er mit jemandem reden.

Es dauerte denn auch eine geraume Weile, bis er wieder zurück war und zwei größere Geschenktüten auf den flachen Tisch stellte. Aus der einen sah Teite Flaschenhälse hervorlugen und langte augenblicklich zu. Ein kurzer Blick auf die Etikette zeigte ihr an, dass er sich nicht hatte lumpen lassen. Entsprechend fiel sein Kommentar aus. »Spanisch! Spanisch und trocken ist er. Kein Fusel. Ich weiß doch inzwischen längst, was meinem Tütti schmeckt. Ich hol' schon mal den Öffner. Bis dahin hast du auch das andere, vielleicht noch wichtigere Geschenk geöffnet.«

Damit verschwand er nach unten, vermied es aber säumig zu sein. Bereits auf der Treppe hörte er ihre Überraschungsschreie, und als er die Stube betrat, flog sie ihm um den Hals.

»Wo hast du die denn her??«, gellte es in seinen Ohren. »Ich glaube, die Letzten hab' ich in Paris geraucht und die Vorletzten in Göttingen.«

Zwei Stunden später konnte sich Herr Geert van Rappen endgültig bei alkoholfreiem Weizenbier auf der Couch zurücklehnen und die Augen schließen. Sein Geschenk – Rotwein und Joints – hatten, wie geplant, Teites spezifischen Suchtnerv voll getroffen, und der Cassettenteil der Musikanlage, von ihm auf Wiederholung programmiert, brachte den Gesang der französischen Chanson Granden von Edith Piaf bis Barbara ein ums andere Mal und sorgten entsprechend für den gebotenen Trancezustand der Frau Dr. Teite Kampmann, Stadtbibliothekarin zu Sielstedt.

So verging die Zeit.

Irgendwann vermischten sich Glockengeläut und Sirenengeheul und zeigten an, dass es Mitternacht war und die stille heilige Nacht ihren üblichen Höhepunkt erreicht hatte.

Van Rappen warf nun des Öfteren prüfende Blicke auf die berauschte Teite und nahm eine Lauerhaltung ein. Und als es jetzt an der Haustür Sturm läutete, sprang er denn auch prompt auf, packte seine Gefährtin und schüttelte sie.

»Es hat geklingelt«, rief er in scheinbarer Erregung. »Wer besitzt denn die Unverschämtheit, um diese Zeit noch die Leute zu stören?!«

»Vielleicht Hela«, lallte Teite.

»Der Alten gibst d u Bescheid!«, brüllte er. »Und

sollte der Torfkopp aus dem Rathaus die Frechheit besitzen, dann ist das hier heute seine allerletzte Weihnacht gewesen.«

Damit packte er Teite und schob sie mit Wucht zur Tür hinaus. Seine überhastete Schrittfolge hörte sich nun wie ein Stolpern an, doch Teite spürte trotz ihres Zustandes den harten schmerzhaften Faustschlag in ihrem Rücken.

Ohne Chance, sich an der Seitenwand abzufangen, stürzte sie die gesamte Treppe hinunter und blieb stöhnend liegen.

Geert van Rappen polterte seinerseits gekonnt die restlichen Stufen hinunter und stakte langen Schrittes zur Tür, die er theatralisch aufriss, um sodann nach draußen zu stürzen, wo er längere Zeit verweilte.

Schließlich begab er sich wieder in das Haus und warf einen Blick auf die wimmernde Teite. Dann endlich griff er zum Telefonhörer und wählte die Notrufnummer.

Anderthalb Stunden später konnte die schwer Gestürzte im Sielstedter Krankenhaus untersucht werden. Das Ergebnis, das er vom behandelnden Arzt auf dem Zimmerflur mitgeteilt bekam, schien den Erwartungen van Rappens zu entsprechen – mehr noch: Neben einem Oberschenkelhalsbruch wurde bei der Patientin noch zusätzlich ein leichter Schlaganfall diagnostiziert, so dass ein längerer stationärer Aufenthalt notwendig wurde.

Während dieser Zeit erhielt sie von ihrem

Galan nur eine einzige Nachricht: Die Pflicht rufe; er müsse seinen Landurlaub abbrechen und seinen Lebensplan doch noch ändern.

8. Kapitel

Danach kam Teite in einer benachbarten Großgemeinde in ein Rehabilitationszentrum mit angegliederter Psychosomatischer Abteilung, wo sie wieder laufen lernte. Auch genas sie von ihrem Schlaganfall, von dem sie nichts zurückbehielt, so dass sie zur Restbehandlung in besagte Spezial-Abteilung überwiesen werden konnte.

Darüber war es inzwischen September geworden.

Besuch hatte sie in all der Zeit ausschließlich von Busenfreundin Hela bekommen, an deren Miene sie ein ums andere Mal ablesen konnte, dass sie sich nur noch mit Hiobsbotschaften werde abfinden müssen.

»Ich kann jetzt erst in etwa zwei Wochen wieder hier sein«, wurde ihr zuletzt bedeutet, »dann allerdings wird es wohl umfassende Klarheit geben.«

Hela Ruhnau fand sich, wie versprochen, innerhalb dieser selbst gesetzten Frist wieder bei Teite ein.

Die Patientin war trotz ihres geschwächten Gesamtzustandes ohne Hilfsmittel soweit wegfähig, dass die beiden Frauen den Kurpark aufsuchen konnten, um sich dort auf einer Bank niederzulassen.

Es dauerte eine geraume Weile, bevor Ansätze eines Dialogs zustande kamen.

»Ich habe dir einiges zu berichten«, hob schließlich die Besucherin an, »aber ich fasse mich so kurz wie möglich. Erstens: Ich habe dir auf Dauer mein kleines Gästezimmer hergerichtet ...«

Sie blickte kurz zur Seite, und als sie sah, dass die Angesprochene einen gefassten Eindruck machte und sogar kurz nickte, fuhr sie fort: »Ich habe mich eine gute Woche im Emsland aufgehalten; genau in jener Ortschaft, aus der er kommt, und genau in jener Bumskneipe, in der ich sogar übernachten konnte, habe ich die richtigen Typen kennengelernt, die ihn nicht nur bestens kannten sondern auch überwiegend seine Spezis waren.

Und hier ist das Ergebnis meiner Recherche – kurz und schmerzhaft:

Er hat fünf Kinder zu alimentieren, die nachweislich von ihm sind. Bei einigen seiner Schicksen hatte er Glück, weil diese aufgrund ihres Lebenswandels juristisch zu Prostituierten erklärt worden waren.

Er war und ist stets in Geldnöten. Deshalb schlägt er sich überwiegend als Weltenbummler und vor allem als Hochstapler durch. Basisenglisch, Sprachgewandtheit, sicheres Auftreten, Frauentyp durch und durch, flotte Sprüche und das übliche Halbwissen. Seine Kapitänsuniform hat er beim Trödler erworben – ein heutiger ›Hauptmann von Köpenick‹. Sein Kapitänspatent hat er gefälscht. Echt ist gerade mal sein Motorbootschein.

Und wenn das alles nicht reicht für seinen üppigen Lebensstil, dann geht er – wenn es sein muss – über Leichen.

Pass' jetzt gut auf, Teite! Bei der Big-Absiebe deiner Person blieb er noch im juristischen Rahmen. Das haben mir gleich mehrere Sielstedter Anwälte und Notare bestätigt, denen ich deinen Fall haarklein geschildert habe. Du selbst hast dich mit deinen Vollmacht-Unterschriften persönlich deinem Ausplünderer und Existenzvernichter ausgeliefert.

Parallel zu dir – und jetzt kommt's – war er im Drogenanbaugeschäft verwickelt. Direkt bei sich zu Hause im Emsland, dicht an der holländischen Grenze, war er der Kopf einer Bande, die auf deutscher Seite verfallene Bauerhöfe und Scheunen anmietete, um dort Hanf, auch Cannabis genannt, anzubauen.

Die Bauern wussten oft nicht, bei wem sie die Verträge unterschrieben, mit wem sie es zu tun hatten.

Erst als der emsländische Landvolkverband misstrauisch wurde, und die Polizei dann ganze Drogenplantagen in einer Scheune aufspürte; dazu noch eine männliche Leiche mit Kopfschuss ausbuddelte, da suchte dein Favorit endgültig das Weite, nachdem er auch dir noch deinen kompletten Besitz unterm Hintern weg verramscht hatte.

Er ist inzwischen zur Fahndung ausgeschrieben. Du hattest noch Glück im Unglück, dass du überhaupt überlebt hast. Wie ich nämlich noch erfahren hab', wollte er dir 'nen eingeschalteten Fön mit Verlängerungsschnur in die Badewanne werfen. Das wäre dann dein letztes Vollbad gewesen.

Zum Schluss noch Folgendes: Ina schippert auf Hochzeitsreise und wird mit ihrem Ollen als Frau Brahms, wie sie mir schrieb, am Jahresende hier oben aufkreuzen. Ob sie allerdings unterwegs wieder den Verlotterten aufgabeln und mitbringen, ist diesmal eher unwahrscheinlich.

Was gäbe es sonst noch …

Ach so: Deinen Job in der Bibliothek wirst du auch bald los sein. Unser sympathischer Freund und Stadtratsvorsitzender, was der Meenard ist, hat in einer Pressemitteilung verlauten lassen, dass sich die Stadtverwaltung Sielstedt veranlasst sieht, die Stelle der Stadtbibliothekarin neu zu besetzen.

Die Spesen für meine Recherchen habe ich übrigens aus unserer Clubkasse genommen. Was soll's. Es ist sowieso alles vorbei.

Das war's aber nun auch endgültig.

Wie hast du einmal einen deiner Lieblingslyriker, einen gewissen Gottfried Benn, zitiert: ›Sela Psalmenende‹.«

Meeresrauschen

Der Oktober war gekommen, und der Altweibersommer musste allmählich dem Herbst weichen.

Auch die Touristen-Saison an der Nordsee neigte sich ihrem Ende zu. Hoch- und Plattdeutsch dominierten wieder die Straßen und Läden, und die Abschiedstrauer bezüglich der Devisenbringer aus dem Süden und anderswoher hielt sich im friesisch disziplinierten Rahmen.

Auch im Wohnzimmer von Hela Ruhnau hatte sich an einem frühen Nachmittag in jenem Oktober zwar keine emotional übertriebene Atmosphäre des Lebewohls breitgemacht, aber die totbleiche ausgezehrte Person mit den kurzgeschorenen Haaren, die ein graues Sackkleid trug und aus deren schwarzer Handtasche, die sie auf ihrem Schoß hielt, unübersehbar eine weiße Schachtel nebst einer kleinen Flasche mit bräunlicher Flüssigkeit hervorragte, zeigte ihrer Gastgeberin doch unmissverständlich auf, dass diese sich mit dem Unvermeidlichen, das nun bevorstand, werde abfinden müssen.

So hörte Hela Ruhnau dann auch eine eher tonlose Stimme, die zu ihr sprach: »Mein Kopf hat mir von Anfang an gesagt, auf wen und auf was ich mich da einließ. Indes: Wir alle bestehen halt nicht nur aus Verstand und Vernunft.

Ich bin meine Biografie noch mehrmals gründlich durchgegangen – und dies mit immer mehr Ekel. Kein Wunder, wenn so eine Biografie wie die meine gleichsam ein einziger Darmabfall ist. Im Grunde bin ich auch froh, dass jetzt alles vorbei sein wird.

Ich hätte mir den Mumpitz ›Reha‹ und den Rest sparen können. Was hat denn ein Psychowrack davon, wenn es wieder normal laufen kann ...«

Ihre Zuhörerin nickte stumm und wollte der Lebensfinalistin Cognac nachschenken, doch diese lehnte ab. »Das Beste zuletzt«, tat sie schlapp-ironisch kund. »Wir sind bereits alles durchgegangen: Du machst Meldung in Dortmund bei Bassi und Tanja. Keine Zeitungsannonce ... und und und...«

Die Freundin nickte: »Das geht alles klar. Bis jetzt führst du noch die Regie. Du sagst mir, wann es soweit sein soll.«

»Ich denke mal, dass du mich in einer halben Stunde nach Bad Gasthusen zum Strand bringen wirst.«

Hela zuckte kurz zusammen. »Doch schon so bald«, murmelte sie.

Teite versuchte zu lächeln. »Irgendwie komisch das Ganze. Angst hab' ich keine; eher empfinde ich urplötzlich Neugierde in mir; wie das denn so sein mag, wenn das Irdische vorbei ist. Gibt es die Seele tatsächlich? Ist sie ein abstrakter Ausläufer unserer Psyche, die ja ihrerseits ein Geflecht aus Gefühl und Verstand ist. Kann sie ihre Entkörperung reflektieren, und wird sie weiter existieren ...«

Die Bibliothekarin schaute sich unter diesen Worten ein letztes Mal im Zimmer um und bemerkte zum Schluss: »Besser so als ein verspottetes Sozialhilfemäuschen.«

Damit erhob sie sich, dabei die Handtasche um ihren Hals bindend.

Es erfolgte die letzte – langsame – Fahrt des Clubs »Die Feuerhexen« auf Helas Maschine mit Teite auf dem gesicherten Soziussitz.

Am Zielort angekommen, gab es eine stumme und letzte Umarmung beider Frauen.

Danach sah die Zurückbleibende der Dahinschreitenden nach, bis diese am Ende des Strandes nur noch als kleiner Punkt wahrzunehmen war.

Teite ihrerseits hatte sich nicht mehr umgeblickt, machte einen Schwenk nach links und schritt langsam in dem ihr eigenen Gang der stark auflaufenden Flut entgegen.

Sodann innehaltend, warf sie einen letzten Blick nach oben, atmete tief durch und nahm fast gleichzeitig mit einem Ruck die Barbiturate und den Trunk zu sich.

Sie spürte augenblicklich nichts mehr, zumal sie jetzt von den tosenden Wellen vollends ergriffen und umspült wurde.

ENDE

Ebenfalls bei TRIGA – Der Verlag erschienen

Wolfgang Weber

Die Bande des Reca Kelmendi

Jugendroman

Jonas ist genervt: von seiner Mutter, von seiner Schule und von seinen Lehrern. Er macht mit seinen Freunden nicht nur seine Hauptschule, sondern eine ganze norddeutsche Kleinstadt unsicher. Sein neuer Freund, Cenan Kelmendi, der stets fröhliche, aber auch hitzköpfige stellvertretende Sprecher der chaotischen 8b weiß, wie man sich durchsetzt. Cenans älterer Bruder ist der stadtbekannte Reca, einst Schrecken aller Lehrer und Oberhaupt der Familien-»Bande« Kelmendi, die mit geheimnisvollen Vorbereitungen zu einem großen Coup beschäftigt ist.

208 Seiten. Paperback. 9,90 Euro. ISBN 978-3-89774-380-9